白雪公主殺人事件

白ゆき姫殺人事件

湊佳苗—著

王蘊潔—譯

【推薦序】

你我都可能是「曾參殺人」的兇手

——日劇達人／小葉日本台

具暗示的提問，誘導式的對話，預設性的答案，再加上有個超嗜血的媒體，就這樣，「曾參殺人」便以更渲染誇張的現代版形式天天上映中，特別是對刑事案件的嫌疑人，所謂的輿論公審往往不在乎能否釐清真相，反倒還會隨著銷量、收視、點閱率等的指標自行微調出符合「社會氛圍」、「觀眾好惡」的結論。另，因犯罪是破壞安定的因子，故在非黑即白的二分選擇下，受訪的關係人往往會在受暗示的情境下，排除涉嫌人須無罪推定的概念，改以較負面的解讀，從人格、情緒、小暴走等各種現象做指控，他們所言未必說謊，但予以標籤化、污名化的過程才能消解社會對嫌疑人，就是因為……所以才……」的不安，至於冤枉人怎麼辦？反正抓犯人是警察的事啊。

《白雪公主殺人事件》，某美女粉領族慘遭殺害，同一公司的另一位女同事竟也臨時請長假，然後就被設定為重要嫌疑人，畢竟哪有這麼剛好的？而殺人案愈炒愈熱，需餵飽的訊息量愈來愈大後，人云亦云、加碼爆料、以訛傳訛統統可以是素材；而當所謂的兇手呼之欲出，另一層涵義或許正是八卦傳聞已然失控脫序。雖扯卻也似曾相識，看到黑影就開槍的名嘴、祖宗八代都能肉搜的鄉民、被點到名還不出來的踹共，如何？現實可一點都不誇張喔。

湊佳苗慣用的筆法書寫本作既擅長且不費力，同樣以女性為主角，同樣採告白式的故事鋪陳，同樣藉由多人視角直指人心深處的惡意，除此之外，當命案變成八卦話題，爆料的內容又存在多少真實？真相的判別之間或許值得讀者更多的深思。

第一章

同事 I

狩野里沙子（Kanou Risako）

——喂？你起床了嗎？

還在睡覺嗎？那就馬上起來，光傳簡訊說不清楚。當然是緊急、重大的新聞，因為這是我這輩子第一次被警方問案。

違反交通規則？才不是這種芝麻小事！我可沒有做任何壞事。

是時雨谷命案的事。

你沒看新聞，所以才會不知道那起命案。

昨天每家電視台的新聞節目都大肆報導在T縣T市的時雨谷雜木林中，發現了一具屍體的新聞。屍體全身中了十幾刀，然後被兇手淋上柴油焚屍。

你知道這件事？

所以你只是不知道那件事和我有什麼關係吧？是啊，昨天我看新聞時，只是對自己居住的城市，發生了這麼可怕的命案感到有點震驚。雖然從我家搭車去時雨谷不到三十分鐘，但我作夢都沒有想到，自己認識的人竟然和這起命案有關。

而且，更沒有想到刑警會來公司調查這起案子。當我聽說警察來公司時，還以為終於抓到小偷了。課長對我說：「狩野小姐，請妳來一下。」然後帶我去會議室時，我還打算告訴警察，之前布丁被偷的事。

沒想到警察是來調查時雨谷的命案。

當課長告訴我，命案的被害人是我的同事時，我還以為課長在亂開玩笑，懷疑自己在作夢，忍不住捏了自己的臉頰。

但是，當課長把我介紹給刑警時，我立刻知道並不是開玩笑。那兩個三、四十歲的男人雖然體型和我們公司那些身材走樣的大叔差不多，但眼神明顯不一樣。在他們的眼神注視下，我簡直動彈不得。

我僵在那裡，聽到了被害人的名字。

——三木典子。

我在腦海中不斷重複這個名字。雖然我對這個名字太熟悉了，但在不斷重複之後，覺得好像是完全陌生的名字，最後腦筋一片空白，甚至有點搞不清楚到底是不是人名。

因為我是最難以接受她被人用這麼殘酷的方式殺害的人。

我之前不是曾經告訴你，我們公司有一個比我大兩歲的同事超漂亮的嗎？死者就是那個同事。

因為她太漂亮，所以招人怨恨？開什麼玩笑，典子姊才不是那種低層次的美女。如果要我說典子姊是多麼出色的人，我有自信可以說一整晚。

但是，當警察問我關於典子姊的事時，我的回答乏善可陳。

「她人很好」、「很會照顧後輩」、「我無法想像典子姊會招人怨恨」。

我的回答差不多就是這樣。刑警一定把我說的話當耳邊風，覺得典子姊是因為身為美女，所以才會招人怨恨，然後朝這個方向進行偵辦。

典子姊並非只有外在美而已，白雪公主和灰姑娘這些童話中的公主，不是個個都心地善良嗎？雖然大部分的人小時候都聽過這些故事，但為什麼長大之後都認定，在現實生活中漂亮的人個性都很差呢？

其實，我以前也這麼想。

我們公司每年都會在各部門安排兩名新進的女職員，由同一個部門年長兩歲的前輩負責指導新進人員一年，傳授各項工作的方法。公司內部稱這兩個人為「搭檔」，但其實就是師徒關係，也有點像是社團裡學姊和學妹的關係。

所以，負責指導的前輩不能只大一屆，就好像國中、高中的社團也一樣。大一屆的學姊通常很喜歡在一年級新生面前擺出一副學姊的態度，但大兩屆的學姊就很親切。

這到底是什麼原因呢？而且，明明在一年級的時候不想成為那樣的學姊，一旦升上二年級，馬上對學妹做相同的事，升上三年級後，又變得很親切。第一年被欺負，第二年在學妹身上報復，第三年才能夠真正做自己。無論在哪裡，都必須按部就班地成長。

男生不會這樣？你太天真了。因為你是自由撰稿人，工作很自由，才會這麼想。畢竟打打鬧鬧，推下堤防後笑笑就算了的時代早就結束了。看我們公司那些男人，就覺得嫉妒這兩個字的左偏旁應該從女字改成男字。

雖然在茶水室聊八卦的都是女職員，但能夠把不滿說出口，心理狀態還算是健全的；男人根本沒有勇氣在人前說壞話，只能在網路上匿名攻擊別人。

聽說我們公司也有地下網站。雖然我們公司不是股票上市公司，但踏實、溫馨是「日出化妝品」最大的賣點，這件事一旦公諸於世，必定會影響公司的風評。

我離題了。總之，典子姊是我的搭檔，這一年來，她真的很照顧我。

第一次看到典子姊時，因為她實在太漂亮了，我根本不敢和她打招呼，就好像我們通常都會覺得，不可以主動向地位高的人打招呼嗎？我覺得自己像是在凡爾賽宮，等待瑪麗皇后垂青的貴族，不，是平民，不，恐怕是跟著主人進宮的奴隸的心情，覺得欲哭無淚，好不容易找到一份工作，前途卻一片黑暗。

我很羨慕那一年和我進同一個部門的小滿。小滿的搭檔是長相普通，看起來很親切的城野美姬（Shirono Miki）小姐。沒錯沒錯，她也叫美姬（Miki）。

雖然同樣是「Miki」，三木典子的姓氏「三木（Miki）」是三根木頭，城野姊的名字是美麗的美，妖姬的姬。她們的名字和外形完全相反，也很容易混淆，所以人家就叫三木典子小姐「典子」，城野美姬小姐就叫「城野」。

但是，不出一個星期，我就很慶幸自己的搭檔是典子姊。

她指導我工作時的態度很親切，下班後，經常帶我去一些熱門餐廳請我吃飯，也經常送我禮物。典子姊說，她住在家裡，沒什麼地方用錢，但她喜歡買東西，所以也很喜歡送人禮物。我也好想有機會說這種話，我每個月的薪水付完房租和生活費，就幾乎不剩了。

典子姊送我的皮包和手帕雖然不是名牌精品，但品質很好，也很好用。她帶我去的也不是那種高級餐廳，但餐廳的氣氛很好，料理都很好吃。她雖然喜歡喝酒，但酒量不太好，所以她告訴我說，她去每家餐廳，都會尋找適合自己的酒喝一杯，然後和我分享她喜歡的酒。

她也教我怎麼化妝、怎麼挑衣服。我平時穿的衣服都是平價品牌，所以就忍不住說，根本不需要買什麼名牌衣服。她建議我，衣服並不是愈貴愈好，但要準備在重要場合穿的戰鬥服。總之，穿衣服也要講究輕重緩急。所以我就在典子姊推薦的精品服飾店裡，買了一件法國名牌的洋裝，做為在重要場合穿的戰鬥服。

我從小在鄉下長大，之後又讀外地的國立大學，結果進了縣內位於偏僻地區的公司，根本沒機會去都市。但是，和典子姊在一起時，我覺得自己即使身在鄉下，也漸漸變成一個很有品味的成熟女人。

你剛才是不是在笑？我已經不是高中時代那個土裡土氣的小女生了。

但是，一味接受別人的恩惠不是很不好意思嗎？所以，我第一次領到獎金時對她說：「今天讓我請妳。」你猜典子姊說什麼？

她說，不需要回報她。她在菜鳥時代，搭檔的前輩也對她很好。那位前輩去年結婚離職了，但是一個很出色的人。她很慶幸進入這個公司，能夠遇到那位前輩。她只是希望像那位前輩一樣，模仿前輩當年對她做的事。如果我想要回報，等日後有新人進來，我當新人的搭檔時，善待那個新人就好。

她是不是很棒的人？完了，我快要流淚了。

所以，我就這麼一味接受她的恩惠。也許典子姊是我踏上社會後，最瞭解我的人。我雖然數學很好，但很容易粗心。她立刻發現了我的缺點，每次都會重新確認我寫的傳票和資料，所以我才從來沒有在工作上出過任何大差錯。不光是工作，就連我的喜好也一樣，即使她從來沒問過，也都瞭若指掌。

我上個星期不是傳簡訊給你，說我最近迷上了芹澤兄弟嗎？他們週末會在東京舉辦演奏會，你可以去聽。我猜想你不會去聽啦，但有沒有去 YouTube 上搜尋？沒有？真糟糕啊。

他們不是諧星，芹澤優也和芹澤雅也這對兄弟是小提琴手，很多二、三十歲的女性都很迷他們。目前已經出了五張ＣＤ，也有自己的粉絲俱樂部。

很難把我和小提琴聯想在一起？的確沒錯啦，以前我和藝文完全沾不上邊。

年底忙得不可開交時，典子姊送給我一張ＣＤ。我對古典音樂完全沒有興趣，我在收禮物時心想，典子姊這次難得送了我不會喜歡的東西。沒想到聽了之後，淚水竟然不停地流。聽著小提琴的旋律，好像有一雙溫暖的手緊緊抱著我，鼓勵著我說：「沒問題的。」在溫柔的旋律陪伴下，我感動不已，原來我一直在尋求這份溫暖。

而且，這兩個兄弟都超帥，他們的名字合起來就是「優雅」，他們的確散發出優雅的氣氛。哥哥優也比我大三歲，今年二十六歲，弟弟雅也和我同年，今年二十三歲。我屬於優也派，雖然雅也的琴聲更細膩，我也更喜歡，但他是二月生的，所以不行。即使是同一學年，比我小的話就不行。高中時代，我雖然和你很合得來，但從來沒有交往，就是因為我的生日比你早三個月。

事到如今，說這些是廢話？對不起，對不起。

我很想去聽他們的音樂會，但他們應該不會來這種鄉下地方。

今天我睡覺時要聽他們的CD，懷念典子姊。

但是，我可能會睡不著。我真的搞不懂，為什麼這麼好的人會遭人殺害。你聽了之後，是不是也有同感？

男人？你是說典子姊的男朋友嗎？

我好像沒有聽說她有男朋友的事。雖然我們很好，但我不喜歡主動打聽別人的隱私。即使是很熟的朋友，也要注重相處的禮儀。典子姊從來沒有向我提過男朋友的事，我也沒有問過她有沒有男朋友，她從來不談這種俗氣的事。

我猜想典子姊只關心漂亮的東西、好吃的食物這種可以豐富內心的事物，但像她那麼漂亮的人，不可能沒有男朋友，只不過我覺得要找到配得上典子姊的人並不容易，至少我們公司裡沒有這號人物。

變態跟蹤狂？她似乎沒有為這個問題煩惱，但她那麼漂亮，搞不好有可能。兇手一定是腦子壞掉了。真希望可以早日抓到兇手，我會一輩子痛恨那個人，因為竟然奪走了對我而言，這麼重要的人。

也許我這輩子再也無法遇到像典子姊這麼好的人，真希望可以和她相處得更久，向她學習各種事。她最後對我說的話，是下星期要帶我去一家豆腐很好吃的餐廳。

豆腐吃不飽？啊喲啊喲，你說的話和篠山股長一樣。

我每次去居酒屋時，不是都會先點炸豆腐嗎？上次我和公司同一個部門的人去居酒屋時也一樣，因為店員說套餐裡沒有炸豆腐。我和公司的人已經很熟了，所以就自己點了炸豆腐，篠山股長酸溜溜地說，女人都喜歡豆腐這種吃不飽的食物。原本我還覺得篠山股長很不錯，所以對他會說這種話感到有點失望。

沒想到典子姊說，她也很喜歡吃豆腐，而且知道一家餐廳的豆腐很好吃，約我下個星期一起去。聽說那家餐廳的炸豆腐是用芝麻豆腐做的，一放進嘴裡，滿滿的芝麻香味立刻在嘴裡擴散。光是想像熱騰騰的芝麻豆腐在舌尖溶化，口水就忍不住流下來，但我忘了問她那家餐廳叫什麼名字。

不會吧？你願意幫我查嗎？太好了，我這通電話沒有白打。我打電話給你，是因為只有你願意聽我說這些事，現在心情也平靜下來了，謝謝你。
你可以帶我去？所以你要來這裡？你該不會對這起事件很感興趣吧？但是，你千萬別把我剛才告訴你的事寫在「曼瑪羅（man-malo）」或部落格上，更不要賣給週刊喔。
因為這不是一起可以隨便亂寫的事件，知道了嗎？
那就晚安囉。

＊

——喂？是我。時雨谷粉領族命案又有了後續發展。
沒想到典子姊是在和我分手後數個小時遭到了殺害。我真是太驚訝了，現在手還在發抖，連手機也快掉在地上了。
別急，我會按照先後順序慢慢說下去。
我相信你已經從新聞上看到，本週三月七日，星期一清晨，一對上山採野菜的老夫婦在時雨谷的雜木林中，發現了一具不明身分的屍體。當天的午間新聞報導了這個消息，晚上就引起了廣泛的討論。三月九日星期三的晨間新聞公佈了死者是典子姊的消息。其實警方是在八日，星期二的早晨查明了死者身分，我是在那天晚上打電話給你的。
警方之所以能夠迅速查出死者身分，是因為典子姊的家人報警說她失蹤了。

刑警在星期二下午來到公司，向我和其他與典子姊很熟的人瞭解情況。我在那天的電話中沒有告訴你，我原本以為典子姊是在週末去時雨谷時遭到殺害。

時雨谷離公司差不多三十分鐘的車程，走路大約要四個小時。公司的福利部每年秋天都會舉辦「時雨谷健行」的活動，我去年也去參加了。健行活動很簡單，就是從公司走到時雨谷，吃完便當後，再走回來而已。時雨谷的紅葉很漂亮，但除此以外什麼都沒有。

典子姊曾經說，時雨谷讓人有一種靈魂得到淨化的感覺，她似乎對靈魂方面的事很有興趣。

所以，我還以為典子姊去了時雨谷，在那裡遭到殺害。

但是，刑警今天又來到公司，希望我詳細說明上週五晚上的事，我才知道警方研判典子姊的死亡時間是在那個時候。

典子姊在上週五深夜仍然沒有回家，她的家人在星期天報警。二十五歲的女兒沒有告知家人，在週五晚上徹夜不歸，她的家人在週末立刻報警，可見她平時都很乖巧。

我沒有和家人住在一起，平時經常說「沒有消息就是好消息」，所以幾乎很少和家裡聯絡，即使我被人殺了，恐怕也不會有人發現。不過，我進公司後，從來沒有遲到，也沒有請假過，如果星期一沒去上班，應該會有人發現吧。

典子姊星期一無故缺席，所以我有點擔心，只是作夢都沒有想到，她竟然遭到殺害。

回到星期五晚上。那天晚上，我們部門的人一起去聚餐。比我大四歲的間山姊因為生孩子離職，那天我們開歡送會。其實她原本只想休產假，但似乎被高層要求捲舖蓋了。課長可能對這件事有罪惡感，一再要求所有人都要參加。那天我們部門沒有人加班，六點多時，大家都離開公司了；六點半時，歡送會準時在公司附近的「水車小屋」居酒屋開始。

我上次不是和你提到炸豆腐的事嗎？就是那一次啦。

第一攤喝了兩個小時，之後決定去「水車小屋」對面的「歌歌」ＫＴＶ續攤。因為間山姊說，大家一起去熱鬧一下，所以比她年紀小的女職員都不得不參加。但是典子姊說她好像有點發燒了，向間山姊道歉後，就在第一攤結束時離開了。

典子姊是我的搭檔，我原本打算說要送典子姊回家，也乘機開溜，但小滿一直邀我，我就一起去了，最後還去參加了位在公司後方的「夢芝居」小酒館的第三攤。雖然被課長灌了不少酒，週末因為宿醉昏昏沉沉的，但現在反而很感謝小滿。

因為這麼一來，我和小滿在星期五晚上就有了不在場證明。

真討厭，怎麼會扯到不在場證明？我和小滿怎麼可能殺典子姊。

但公司同事中，那些有去第二、第三攤的人，內心都鬆了一口氣。那些參加完第一攤就回家的人都慌忙解釋自己之後回了家，看了什麼電視，連電視內容都說得很詳細，也有人說，自己在車站前的便利商店等酒醒，仔細交代買了多少錢的什麼飲料。即使沒有人問，他們也都拚命解釋那天晚上的事。

也有人把在第一次結束後就離開的人列了清單，討論誰最可疑。當初得知典子姊被人殺害時，每個人都很難過，一臉肅穆的表情，沒想到才過了兩、三天，就有人對這種偵探遊戲樂在其中。

真的太醜陋了。

但是，我認為兇手應該不是我們公司的人。因為在公司裡，我和典子姊相處時間最長，如果兇手是公司的人，我怎麼可能不知道？

只不過看起來也不像是隨機犯案。

專家在新聞報導中認為，典子姊中了十幾刀後，被淋上柴油燒掉是預謀的犯罪行為。如果是這樣，兇手到底在哪裡埋伏典子姊？既然典子姊不是在其他地方遭到殺害後，兇手再把屍體搬到時雨谷，而是在屍體被發現的地方遭害，就代表她到達時雨谷之前還活著。她不可能走路去那裡，所以應該是搭車前往。

她是自願前往嗎？還是被強行帶去那裡？

典子姊下班回家時，從公司走到S車站大約十五分鐘，再從S站搭車到住家附近的G站，大約十分鐘，從G站下車後回家走路大約三分鐘。

如果是被人強行帶去，從公司到S站之間最不引人注目，可能性最高，但是，星期五晚上，我們不是一起去了「水車小屋」嗎？「水車小屋」位在和車站相反的方向，離公司差不多走路五分鐘的路程。如果兇手事先埋伏，到底躲在哪裡呢？

而且典子姊平時通常七點離開公司，那天六點多離開公司，八點半過後才離開「水車小屋」，即使兇手想要埋伏，也無法算準她的時間。真的是預謀殺人嗎？而且，兇手知道我們那天聚餐嗎？這麼一來，我們公司，而且是我們部門的人就很值得懷疑了。啊，討厭討厭，這樣會讓我無法相信別人。

兇手指定時間，約典子姊去那裡的可能性？對喔，也有這個可能。

這代表第一攤結束時，她說好像有點發燒只是藉口，其實是有人約她吧？這代表典子姊是主動搭車赴約。

所以，這樣就消除了跟蹤狂犯案的可能性嗎？

這代表即使兇手曾經跟蹤典子姊，典子姊也不知道這件事。即使兇手之前不曾跟蹤典子姊，但內心恨不得想要殺了她，只是典子姊完全沒有發現，不僅如此，她完全沒有察覺對方的恨意，所以那天晚上約她時，她就赴約了。

不知道她的手機上有沒有留下來電號碼，對了，不知道典子姊的東西是怎麼處理的。那天典子姊拿的是哪一個皮包……對了！

我想起一件很重要的事。

星期五，典子姊帶了一個名牌皮包，而且還穿了在重要場合穿的戰鬥服。我絕對沒記錯。典子姊帶我去那家精品服飾店時，我第一眼看中的是一套針織套裝，但她先拿起那套衣服說：「真漂亮。」然後就買了下來，所以我才沒買。

反正那套衣服的尺寸對我來說稍微有點小。

典子姊星期五就是穿那套針織套裝，我還很後悔，早知道我也應該穿那件和她在同一家店裡買的洋裝。不過，仔細想一想就發現，雖然是參加歡送會，但我並不是主角，而且只是在平價的居酒屋聚餐。那家居酒屋的炭烤很有名，所以衣服都會沾到煙味，有百害而無一利。

也許典子姊不是臨時被找去時雨谷，而是原本就已經和人有約。對方是她需要穿上戰鬥服的對象，因為是週末嘛，然後課長臨時通知要參加歡迎會。所以，果然是她男朋友吧？所以，典子姊是被她穿上戰鬥服赴約的對象殺害嗎？

這也太可憐了。

你覺得我應該把衣服的事告訴警方嗎？

告訴警方沒問題，但最好順便問一下典子姊的手機和其他隨身物品的下落？我為什麼要做這種好像偵探一樣的事？不過，新聞也在說，警方的偵查工作並沒有太大進展，我也很想知道目前偵查的進度。

好，我去把衣服的事告訴他們。

你不能公佈我剛才告訴你的事喔，我會隨時去看「曼瑪羅」和部落格。

對了，你什麼時候來這裡？你住在我家也沒關係，決定日期後再通知我。

先這樣囉，改天再聊。晚安。

＊

——喂？是我。我今天得知了一個重大線索。

昨天晚上，小滿來住我家。她問我：「里沙，可以去妳家喝酒嗎？」小滿和父母同住，但家裡很傳統，父母看到她一個女孩子喝酒會皺眉頭。只不過我立刻猜到她這次「醉翁之意不在酒」，而是想要找我討論命案的事。

小滿和典子姊並沒有像我那麼熟，警方沒有找她瞭解情況，所以她一定想向我打聽刑警問了我哪些事，以及知不知道和命案有關的消息。因為小滿很喜歡八卦，雖然剛進公司，卻已經是茶水室裡的重要成員。

小滿是本地人，可以輕而易舉地打聽到上司的家庭狀況，所以，她也經常會告訴我誰和誰在偷偷約會。但這次我比她掌握了更多消息，她可能覺得很不服氣吧。在小滿來我家之前，我還沉浸在這種優越感之中。

沒想到小滿一進我家，沒有問我任何問題，就滔滔不絕地說出了她的看法，而且，她還鎖定了嫌犯。

——小滿說，殺害典子姊的兇手就是城野美姬。

她的理由是，星期五晚上，城野姊也是在第一攤結束後就離開了。歡送會的主角間山姊以前曾經是城野姊的搭檔，小滿以為她一定會陪間山姊到最後，沒想到第一攤剛結束，城野姊沒有和間山姊打招呼就離開了，所以她很納悶到底發生了什麼事。

而且，城野姊這個星期都沒有來上班。星期一早上，她打電話到公司，說她媽媽生病了，這個星期都要請假。接到電話的課長很為難，然後她在電話中說，她媽媽病情很危急，然後就掛上了電話，課長無可奈何，只好同意了。

我看了白板，所以知道城野姊請長假，但沒想到是臨時請假。

但也不能因為這樣，就認定城野姊是兇手啊。也許是因為她接到了關於她母親病情危急的電話，所以星期五晚上才會急著回家，搞不好現在正在醫院照顧她母親，從電視新聞上看到典子姊的事，也嚇了一大跳。

但是，小滿堅稱城野姊就是兇手。

城野姊住在時雨谷附近的公寓，平時都開車上班。這件事我也知道。我剛進公司不久時，有一次去買家電，她還開車載過我。那時候我曾經問她，租停車場的費用會不會很貴。城野姊告訴我，她住的公寓離車站很遠，即使要另外付停車場的費用，總金額可能比我住在徒步就可以走去公司的公寓租金更便宜。沒想到她竟然就住在時雨谷附近。

如果是城野姊的車子，典子姊上車時不會有任何戒心，即使城野姊把車開去時雨谷的方向，也不會起疑心。等到覺得不對勁時，四周已經很荒涼了，叫天天不應，叫地地不靈，根本無法求救。城野姊叫她在時雨谷下車後，就把她帶去雜木林裡殺害了。

這是小滿的推理。

只不過我覺得，即使城野姊有辦法做到，但關鍵在於動機，不是嗎？

城野姊和典子姊同一年進公司，我覺得她們兩個人感情很好。我剛才也提到，我去買家電時，城野姊曾經開車載我，那次是典子姊拜託她的，她一口答應，陪我一起去買家電。而且，典子姊、城野姊和我，還有小滿四個人還曾經一起吃午餐。

但小滿自信滿滿地說，城野姊有明確的動機。

小滿告訴我，動機就是感情糾紛引起的怨恨。去年春天，就在我們剛進公司時，城野姊和篠山股長正在交往。沒錯沒錯，就是嘲笑我點炸豆腐的那個人，他的年紀大約二十八、九歲，在公司的男同事中，外型算是帥的，很多女生都喜歡他，所以很難相信他竟然是和城野姊交往。

城野姊雖然不算醜，但也不是漂亮或可愛型的，只是很不起眼的普通女生。雖然小滿是消息通，只是我覺得這個傳聞有問題。小滿說，是城野姊親口告訴她的。當小滿露出難以置信的表情時，你猜城野姊說什麼？

「——想要抓住男人，就要抓住他的胃。只要親手做三次飯給他吃，他就逃不掉了。」

她居然說這種話。城野姊的確幾乎每天都帶便當，而且不是冷凍食品或是速食品加熱而已，而是親手下廚做菜，菜色很豐富，光吃那個便當，應該就可以完成營養師的建議，攝取到一天所需的三十種不同食材。原本我很佩服她每天為自己做這麼豐富的便當，但搞不好她每天做的是兩人份，然後把另一個便當偷偷交給篠山股長。

但是，他們在夏天的時候分手了。小滿沒有問出他們分手的原因，城野姊只告訴她，「遇到典子，也只能認輸了」。

典子姊經常外出吃午餐，所以我不知道她的廚藝好不好，但既然她是老饕，我猜想她應該會自己下廚。這麼一來，城野姊根本沒有任何贏面。

篠山股長和典子姊交往這件事讓我很驚訝，但搞不好只是篠山股長單方面喜歡典子姊，所以才會和城野姊分手。雖然篠山股長在公司很受歡迎，卻根本配不上典子姊。

只不過城野姊很難有機會高攀到篠山股長級的人，所以即使在分手之後，仍然遲遲走不出情傷。她不是那種情緒化的人，搞不好表面上和典子姊的關係沒什麼兩樣，心裡卻對她恨之入骨。

撇開篠山股長這件事，我猜想城野姊對典子姊的感情應該很複雜。她們進公司時，兩個人被派到同一個部門，別人一定凡事都會把她們做比較。

我和小滿一起分到同一個部門，所以覺得很輕鬆。小滿數學很差，個性雖然開朗，但不夠細心；如果是典子姊和我一起分到同一個部門，我可能在所有方面都會喪失自信。典子姊比我年長，是我很崇拜的姊姊，完全不在意自己各方面都不如她，對她的一切都讚不絕口，但如果我和她同年，可能心情就完全不一樣了。

也許城野姊是因為有典子姊，才會顯得不起眼。

假設兩個人同時為同事泡茶，男職員應該都想喝典子姊倒的茶。光是想像一下這種情況，即使別人沒有說什麼，自己也會畏縮起來。

如果真的長得很醜，不管對方是典子姊，還是其他女職員，都會覺得抬不起頭，所以並不會特別怨恨某一個人；但對城野姊來說，如果沒有典子姊，她根本不需要受這種委屈。

「如果不是典子，只要沒有典子……」也許從她進公司的第一天，就把典子姊當成眼中釘，這種情緒一天一天累積，然後她又失戀，失戀的原因又剛好因為典子姊。即使這樣，有必要把典子姊千刀萬剮，然後火燒屍體嗎？而且，距離她失戀已經超過半年了。

我也這麼問小滿。小滿說，城野姊並不是正常人，然後提到了公司內經常發生的偷竊事件。

雖說是偷竊，但並不是需要報警的程度。第一次是在去年九月初的慶生會隔天。我們公司不是努力打造溫馨的形象嗎？我們這個部門也會在每個月舉辦一次慶生會，向每個人收一千圓，買一些咖啡杯之類的小禮物送給當月生日的人，然後大家一起吃蛋糕，其實還滿好玩的。

慶生會時，每次都買三個蛋糕，由當月生日的人切蛋糕。九月的時候買了鮮奶油口味的三種蛋糕，上面分別是草莓、哈密瓜和栗子。因為並不是每天都是所有人都在公司，所以每次都是當天在公司的人一起分享蛋糕，但九月慶生會時，剛好當月生日的人去出差了，所以，就特地為壽星留了蛋糕。

那天是小滿把切成三角形的蛋糕放在盤子上，再用保鮮膜包好後，放進茶水室的冰箱裡。雖然每塊蛋糕上都只有一顆草莓、栗子，或是哈密瓜，但因為壽星沒辦法參加慶生會很可憐，所以幾個好朋友就把各自蛋糕上的水果留給他，小小的蛋糕上同時放了草莓、哈密瓜和栗子三種裝飾。

隔天，那個壽星來上班，中午想去拿自己的蛋糕，結果發現盤子上只留下一顆黃色的栗子，其他都被吃得精光。壽星拿著盤子，當著大家的面大叫，「誰吃了我的蛋糕？」但是沒有人承認。

原本大家覺得可能是有人以為多剩下一塊蛋糕，所以不小心吃掉了，又不敢承認，但只留一顆栗子也未免太噁了。如果要吃的話，不如全都吃掉，順手把盤子也洗掉，或是把盤子放在流理台，但偷吃的人竟然把蛋糕屑和鮮奶油都吃得精光，只剩下一顆栗子放在冰箱裡。

而且，栗子上沒有沾到鮮奶油。那顆栗子原本放在蛋糕上，即使拿起來時，也會不小心沾到鮮奶油，這代表偷吃的人把鮮奶油舔乾淨後，又放回了盤子吧？

其他人可能沒有觀察得這麼仔細，所以還開玩笑說，偷吃的人不喜歡吃栗子，那下個月就買蒙布朗蛋糕，就可以知道到底是誰偷吃的。

那次之後，經常發生一些奇怪的事。

首先是茶水室的冰箱。女職員都把在便利商店買的甜點，或是別人送的點心用麥克筆寫上自己的名字後，放進茶水室的冰箱。幾乎每三天就會有一次失竊的問題發生。

我的布丁也曾經被人偷走了。我買了原味和抹茶兩種口味的布丁放在冰箱裡，結果打開冰箱想要吃時，發現只剩下抹茶口味。

如果全都偷走也就罷了，可以大發雷霆，說自己的東西被偷了，但有時候冰淇淋被吃掉一口，或是水果果凍上的水果被吃掉，只剩下被搗得爛糊糊的果凍，這種時候就不是生氣，反而覺得很可怕吧？

有人在朝會時，向不明對象的小偷喊話，趕快停止這種無聊的惡作劇，卻完全沒有效果。但這種程度的事，還不至於要求公司裝監視器，或是向警方報案，所以，大家就不再把東西放在冰箱裡。結果，小偷開始偷大家抽屜裡的東西。有人綜合果汁喉糖裡的桃子口味不見了，或是巧克力被咬了一口。起初都是食物遭殃，漸漸開始擴及到文具，像是只有粉紅色的便利貼被偷，或是自動鉛筆裡的筆芯被拿走了。

雖然有人架設了錄影機想要逮住小偷，但也一無所獲。

不久之後，大家可能都習慣了，即使有東西被偷也不再放在心上。有人說，我們部門內有人因為壓力太大導致精神出了問題，可能當事人也是在無意識下偷東西，其他人似乎也就當作是這麼一回事了。

沒想到小滿說，那個小偷就是城野姊。

公司的女生猜想小偷很可能是女人，因為大家都把衛生棉裝在小包裡，放在廁所的架子上，有時候也會被偷。

雖然男人也有可能做這種事，但因為好幾次是在上班時間失竊，如果男人走進女廁所，一定會被人發現吧。

你不覺得只因為這個原因，就認為小偷是城野姊太奇怪了嗎？

小滿和我也可能是嫌犯啊，但是小滿說，她很早就懷疑是城野姊。

十月的慶生會時，大家真的去買了蒙布朗蛋糕，但每個人都吃完了，沒有找到討厭栗子的人。話說回來，即使有人真的討厭吃栗子，當著大家的面，也不敢不吃吧。如果有人不是小偷，卻真的不喜歡吃栗子就太慘了。

小滿說，那天城野姊去送資料給客戶後，就沒有回公司，直接回家了。每個月的慶生會都是在六點下班後舉行。

這可能只是巧合而已。因為送完資料就可以直接回家，如果自己不是當月壽星，特地回公司吃蛋糕不是感覺很貪吃嗎？

而且，我曾經聽城野姊說，她的東西也被偷了。我記得她說她放在冰箱裡的泡芙被吃掉了。她那時候還一臉懊惱地說，為了怕被人偷走，特地用麥克筆在袋子上寫了「有毒」兩個字。

小滿說，那只是幌子。從城野姊帶的便當就知道她很注重健康，幾乎不吃零食。

如果有同事帶伴手禮送給大家，她也會吃，但自己從來不主動買零食，從頭到尾只有那次看到她去買便利商店的泡芙。

而且，她說想到了不被偷的好方法，故意當著小滿的面寫了「有毒」兩個字，顯然是為了強調自己的東西也被偷而特地準備的。

但也不能就這樣認定她是小偷，本來就會突然想吃平時不喜歡吃的東西，像我不喜歡吃和菓子，每年差不多會有一次心血來潮，突然很想吃牡丹糕。而且，城野姊雖然寫「有毒」兩個字，但並不是只有她做類似的事，還有人曾經在糖果袋裡放了圖釘和瀉藥。

只不過城野姊經常留下來加班，一個人留在辦公室，每天早上也都很早來公司，有充裕的時間做這種事。真可憐，她比別人更認真工作，反而成為別人懷疑她的原因。

典子姊的東西有沒有被偷過？

當然有啊。典子姊很少吃零食，所以我不知道她的零食有沒有被偷過，但芹澤兄弟周邊商品的原子筆被偷的時候，她超傷心的。

小提琴手的周邊商品是原子筆？對啊。芹澤兄弟都是自己作曲，雖然平時都用電腦，但當他們身處充滿大自然氣息的空間，就會覺得旋律從天而降。為了記錄這些音符，就推出了使用天然木材製作的原子筆。

我不確定小偷知不知道那支原子筆的價值，不，我猜想應該不知道。因為外表看起來和普通的原子筆沒什麼兩樣，看起來很便宜，而且之前從來沒有昂貴的東西失竊過。

典子姊說，那支原子筆要五千圓，所以應該是失竊的物品中最貴的吧，其他的都是幾百圓而已。

我認為偷竊事件和典子姊命案是兩回事，但小滿認定都是城野姊幹的。看她說得這麼有自信，我以為她已經告訴警方了，她說她才不會跟警方說。

她似乎不希望自己第一個向警方說這件事。嗯，我能夠理解，如果兇手真的是城野姊，結果被警方逮捕，城野姊一定會痛恨小滿。即使被關進監獄，如果不判死刑，有朝一日出獄，搞不好第一個會找她報仇。

我也沒有向警方說典子姊衣服那件事。

但我並不是要你去向警方告密，你千萬別多事。如果知道是從我這裡傳出去的，到時候城野姊痛恨的就不是小滿，而是變成了我。

啊，如果兇手真的是城野姊就好了，如果兇手是跟蹤狂或是莫名其妙的男人，我以後都不敢在外面走路，晚上也會睡不著。

你搞不懂我為什麼感到害怕？

因為沒有人比我更瞭解典子姊，雖然我不知道兇手為什麼殺她，但你認為兇手會這麼認為嗎？

拜託，不用請我吃豆腐也沒關係，你趕快來這裡，我等你。

那就晚安囉。

＊

——喂？是我。警察終於開始追城野姊的下落了。

小滿沒有密告，我當然也沒有。聽說有目擊證人。

負責我們公司電腦系統的業者牧田先生說，他在星期五晚上八點半過後，在公司的停車場看到典子姊和一個女人上了車。典子姊坐在副駕駛座上，另一個女人坐在駕駛座上，車子很快就離開了停車場。

牧田先生雖然從網路新聞中得知了時雨谷粉領族命案，但即使看到死者的名字，也不知道是誰。幾天前，在週刊雜誌上看到典子姊的照片，才想起那天晚上的事。雖然天已經黑了，但典子姊很漂亮，所以他還在回想，到底是哪個部門的人。然後，根據車子的顏色和另一個女人的特徵，得知另一個女人就是城野姊。

美女不管走去哪裡都會引人注目。

我們公司的人都在討論這件事，因為大家都一直在等待開口的時機。即使發現有某些地方不對勁，也不會立刻去向警方通報。牧田先生原本也只是和公司的人在聊天時，提到星期五晚上的事，想要測試一下大家的反應，發現大家都認為他最好向警方通報，所以隔天才會打電話給警局。

這的確是極其重要的目擊證詞吧。

原來那天歡送會的第一攤結束後，典子姊和城野姊一起回到公司。

城野姊去「水車小屋」時，應該把車子停在公司的停車場，典子姊從「水車小屋」去車站時也會經過公司，即使一起回公司也並不奇怪。

然後，她們一起搭城野姊的車子離開了公司。

雖然不知道典子姊為什麼會搭城野姊的車子，但城野姊有很多理由可以請她上車。典子姊說她身體不舒服，所以城野姊可以說要送她去車站，畢竟走十五分鐘的路是一段很長的距離。

但是，沒想到車子一路開去了時雨谷。

帶典子姊去那裡，就是為了殺她嗎？啊啊，好可怕，好可怕。

聽說城野姊的車子就停在車站前的路旁，星期天清晨被拖吊了，而且，典子姊的皮夾就掉在副駕駛座座位下方。典子姊的皮包應該有拉鍊，不可能是不小心掉出來的，這件事也許可以證明她們在車上曾經扭打。

如果兇手是城野姊，典子姊不可能完全沒有抵抗。

反正現在已經找到車子了，但城野姊到底去了哪裡？

牧田先生並不是唯一的目擊證人，大家雖然不想要當第一個作證的人，但第二個、第三個就覺得無所謂了，聽說警方收到了很多並不重要的消息。

我們部門的小澤先生提供了關於城野姊的重要證詞。他和典子姊、城野姊同一年進公司。

他也是在第一攤之後就離開了，但因為被課長灌了不少酒，所以一路搖搖晃晃走進車站前的咖啡店，想要讓自己清醒一下。因為如果他喝醉酒回家，他的新婚妻子會生氣。

他坐在二樓吧檯可以看到車站的位置，喝著焦糖瑪奇朵，當他回過神時，發現自己趴在吧檯上睡著了。當他驚訝地醒來，一看手錶，已經十點多了。他原本跟太太說好，第一攤結束就會回家，所以嚇得慌忙站了起來，抬頭往外看時，看到城野姊衝向車站，雙手抱著一個很大的皮包。小澤先生星期一到公司時，看到白板上城野姊那一欄寫著請長假，就覺得原來是這麼一回事。

這條線索很重要吧？

綜合這些線索可以發現，在第一攤結束後，城野姊讓典子姊坐上她停在公司停車場的車子，去了時雨谷，然後殺了典子姊，又放火燒了她，開車回到停車場，把車子丟在路旁，自己搭電車逃走了。

她既然帶著大皮包，就代表她一開始就計畫要逃走，由此可見，顯然是預謀犯案。

聽說城野姊的母親病危是假的，她根本沒回老家。

以目前的情況來看，警方認為城野姊是本案重要關係人，發佈通緝令只是時間早晚的問題。小滿一臉得意地說：「我的觀察能力很強吧？」

從車道到雜木林的距離嗎？走路大約十分鐘左右。

我知道你想要說什麼。

兩個目擊證人提到的時間分別是八點半過後到十點之間的一個半小時，扣除往返命案現場的時間，只有十分鐘的時間行兇，根本來不及在典子姊身上刺十幾刀，再淋上柴油焚燒屍體，對不對？

我們公司的人也在討論這件事，也有人認為有共犯。

有人認為城野姊只是邀典子姊上車，把她送到時雨谷，殺害典子姊的兇手另有其人。這麼一來，時間的問題就解決了吧。

不過也有人覺得，城野姊只是受人之託，請她把典子姊帶去那裡，她就答應了，沒想到拜託她的人竟然預謀殺害典子姊。大家都不希望城野姊是殺人兇手。

城野姊的個性不太懂得拒絕別人，再加上每天都開車上下班，又住在時雨谷那裡，所以才會被兇手利用吧。她之所以說謊請假，失去蹤影，是擔心自己被當成共犯遭到逮捕。公司內有很多人都抱有這種同情的態度。

大家的討論當然不可能到此為止，每個人想知道誰才是主謀。

目前篠山股長的嫌疑最重大。

星期五晚上，他在第一攤結束後就回家了，而且他好像真的和典子姊在交往。他自己曾向和他關係不錯的同事吹噓這件事，只不過從來沒有人看到他們兩個人在一起。

那些不喜歡篠山股長的人說，他只是單戀典子姊，結果產生了妄想，以為自己真的在和典子姊交往，搞不好是妄想愈來愈嚴重，最後就動手殺人了。

篠山股長很毒舌，所以和他同期或是比他年紀小的男職員都討厭他。經過這次的事，我充分瞭解到這一點。

雖然除了小滿以外，我沒有聽到任何人提到篠山股長和城野姊交往的事，但似乎大家都察覺到城野姊對篠山股長有好感這件事，只是之前沒有說而已，所以都認為如果是篠山股長拜託，城野姊一定會答應。

篠山股長？

他每天都來公司上班。雖然典子姊被殺，他看起來很難過，但還是像平時一樣工作。雖然應該聽到了一些傳聞，卻沒有生氣或是否認，完全採取無視的態度。

如果他真的是兇手，應該不可能有這種態度吧？但是之前看新聞報導，記者在採訪和被害人住在同一棟公寓的鄰居時，那個鄰居像其他人一樣回答說：「很可怕。」結果日後才發現，那個鄰居就是兇手，所以這種事也很難說。

但如果他請假，反而會遭到懷疑。況且，如果他真的可疑，警方早就把他列為重要關係人帶去警局了。

小滿還是堅稱城野姊是兇手。

她說，遵守速限的話，從公司到時雨谷差不多三十分鐘，但那條路上晚上沒什麼車子，如果開得快，只要十五到二十分鐘就可以抵達。

城野姊雖然看起來很文靜，但好像經常開快車。小滿說，在「時雨谷健行」之前，城野姊曾經開車帶她去實地勘察，當時的時速也超過八十公里。小滿提醒她，小心超速會被警察開罰單，她很有把握地回答，不用擔心，她知道這條路上哪裡有警察。

而且，小澤先生只說是十點多，在十點二十分之前，都可以算是十點多的範圍，所以，小滿認為城野姊有足夠的時間犯案。事實上，當一再問小澤先生到底是十點幾分後，他似乎愈來愈沒有自信，所以至今仍然不知道確切的時間。

你覺得真的有可能是城野姊單獨犯案嗎？

無論如何，我不相信殺害典子姊的兇手是我們部門的人，如果兇手另有其人，日後兇手遭到逮捕，不知道公司那些同事要怎麼面對城野姊和篠山股長。我雖然聽了這些傳聞，但從不發言參與意見，所以不會感到愧疚。

但只要不傳出去，也許可以當成是笑話，到時候只要說聲「對不起，對不起，下次請你吃飯」，就可以訂正說錯的話。

所以，我每次都叮嚀你，千萬不要在網路上公佈我告訴你的事。

這是一個奇妙的世界，典子姊的照片一公佈，網路立刻有人成立了粉絲俱樂部。報紙和新聞報導都稱這起命案為「時雨谷粉領族命案」，但那些人擅自改成「白雪公主殺人事件」，稱典子姊為「白雪小姐」或「白雪公主」。

又不是在選美。「白雪」是一種使用了米粉製作的洗面皂，也是我們公司「日出化妝品」的招牌商品，更是去年郵購化妝品中臉部清潔類的冠軍商品，電視上不是經常看到「妳也可以擁有白雪柔肌」的廣告嗎？

網路新聞中不是提到我們公司的名字嗎？搜尋公司名字後，就看到「白雪」的名字，這句廣告詞也一播再播，所以大家都覺得好玩，為這起案件取了這個名字。

應該不是你幹的吧？不是？好吧，姑且相信你。

不過，一頭黑色長髮、皮膚白皙的典子姊的確很適合白雪公主這個名字。當初公司的人也說，與其找不夠出名的女明星拍廣告，不如找典子姊代言自家的商品，公司內也的確有過這個企畫，只不過典子姊拒絕了。如果當初真的接拍自家廣告，這次命案恐怕會鬧得更大。

而且，最可疑的嫌犯的名字叫「美姬」也很諷刺。「城野」這個姓氏是城堡的城，加上原野的野字，「城野美姬」就是「城堡內的美麗公主」的意思，這個名字不是很有童話世界的感覺嗎？真希望「白雪公主」不要被當成是代表嫌犯的字眼。

啊，太好了，幸虧我的名字很普通。

你決定來這裡的日子後記得通知我，即使我已經把案情相關的所有事都告訴了你，你也仍然感到不滿足吧？

我早就知道了。「曼瑪羅」的事我也知道了。

你沒有遵守和我之間的約定，所以至少要請我吃一頓豆腐吧？
那就先這樣囉。

【請參考第一八七頁的資料1】

第二章

同事 II

滿島榮美（Mitsushima Emi）

這裡應該可以放心說話，不必擔心會被別人看到。雖然傍晚之後人很多，但很少人知道這裡中午就開始營業。

里沙子也想和我一起來，但你說想分別向我們瞭解情況，簡直就像警察在問案。這是我在公司的名片。

小滿是姓氏的暱稱，如果我的名字中也有「Miki」的發音就太好玩了。喔，謝謝。

——赤星雄治先生。

你是里沙子的前男友吧？什麼？不是？她曾經告訴我，她的前男友是高中時代一起參加文藝同好會的同學。當時文藝同好會的成員中，目前只有他在做文字工作。我還以為就是你呢！所以，你們同學中還有其他人當了作家之類的囉？

你偷偷告訴我，里沙子的前男友到底是誰？

里沙子雖然在我面前炫耀，卻不說重點。沒有人當作家的？那果然就是你嘛！週刊記者當然也算是文字工作者啊！

你的名片上寫的是自由撰稿人，主要是為哪一本週刊寫文章？《英知週刊》嗎？我知道啊，那不是很有名的週刊嗎？我爸爸每天上下班都搭電車，他每個星期都會定期購買。每次看新聞報導時，都會擺出一副很瞭解時事的樣子，發表一些辛辣的意見。我原本還以為我爸很厲害，結果發現他都是從《英知週刊》上現學現賣的。

去年九州那裡不是發生了一起兒童綁架殺人案，大家都覺得遭到綁架的小孩父親很可疑嗎？因為那個小孩父親的名字和得到諾貝爾化學獎還是物理獎的人一樣，所以網路上都叫他「博士」。

《太陽週刊》還調查了「博士」的生平，製作了一張年分表，打出「連化身博士都嚇一跳！好爸爸的真面目是什麼？」的聳動標題，但《英知週刊》則堅持兇手並不是「博士」。最後發現兇手果然不是他，而是小孩子的母親的舊情人。

我爸看到那些名嘴在談話性節目中向「博士」道歉時很得意地說：「看吧，我早就說不是他了。」我忍不住吐槽他：「那不是你說的，而是《英知週刊》說的。」不過那時候我都看《太陽週刊》，所以也沒資格說大話。

我也很喜歡《太陽週刊》，用嘻笑怒罵的方式處理新聞，語不驚人死不休的寫法很有趣，有時候光看標題就忍不住噗哧了。他們很會取綽號，這方面超有才華。

對不起，我居然在一流週刊雜誌的記者面前說這麼失禮的話。

還有里沙子的事，我也要向你道歉。我誤會了，你不是她的前男友，你們現在還在交往吧？我想起來了，里沙子不是說「前男友」，而是說「男朋友」。啊，里沙子知道我這麼說可能會生氣，所以這件事千萬別告訴里沙子喔。

我把很多人和很多事都攪和在一起了。

別人很容易把我當戀愛顧問，尤其在公司內更是如此。不管是比我年紀大的，還是比我年紀小的，都會把我找去茶水室，問我誰跟誰到底是什麼關係？或是誰誰誰有沒有女朋友？

一定是因為我是本地人的關係。

我知道很多鮮為人知的時尚餐廳，經常和朋友一起去吃吃喝喝，偶爾會撞見公司的人。如果對方是個性開朗的人，我通常會主動打招呼，或是調侃一下，問對方是不是約會，但其實我幾乎都是在對方發現我之前，就會躲起來。

像是一眼就看出對方是外遇的時候，眼神一交會就知道「完蛋了！」，隔天在公司撞見時，就會假笑一下慌忙溜走。其實我根本沒做錯任何事啊，是不是很奇怪？

遇到這種情況時，對方無視我存在就好了，但那些人十之八九會很尷尬地向我打招呼，甚至有人去買點心送我。我猜想對方打算封我的口吧！但是，這麼做只會帶來反效果，眼尖的人馬上會問我：「小滿，你和○○課長很熟嗎？」逼問我是不是又看到了什麼。

當前輩問我時，我當然無法說謊，也沒有義務為那些人隱瞞，就把看到的事情說了出來，但這些八卦通常當天就會傳遍公司，當事人也知道是從我這裡傳出去的。久而久之，大家都誤會了我，說小滿很喜歡八卦，真的讓我很困擾。

里沙子是不是也跟你說，有關公司同事的八卦都是從我這裡聽來的？

——你希望我談談城野美姬？

沒錯，城野姊是我的搭檔。原來是因為這個原因找我……所以，這代表你也認為「時雨谷粉領族命案」的嫌犯就是城野姊囉？

你不用隱瞞啦，《英知週刊》的記者來這裡採訪，就已經說明了一切。

兇手果然是城野姊。

我要從哪裡說起？案發當天的事？城野姊和典子姊的關係？還是城野姊和篠山股長的關係？

城野姊是怎樣的人？原來你只想打聽這種事，那……

咦？雖然我說「這種事」，聽起來好像很簡單，但城野姊這個人沒什麼特徵，所以很難說出她是怎樣的人。

也許你已經聽里沙子提過了。她外表很普通，不胖也不瘦，不高也不矮，我猜想她應該身高一百五十五公分，體重五十公斤吧。男人即使知道女生的身高、體重，恐怕也沒辦法想像吧，但我絕對不會說我的體重，只能告訴你，我的身高是一百五十二公分。大家聽了都很驚訝，說以為我更高。

是不是因為我看起來很傲慢的關係？

她的長相也很普通。像哪個藝人？嗯，想不起來，她很像我國中的國文老師，但我這麼說，你也不知道她到底長什麼樣子吧？其實城野姊長得並不醜，而且，我有時候覺得，只要她稍微打扮一下，應該還滿漂亮的。

雖然她的髮型和眉毛看起來很土，但近看就會發現她的皮膚很白，幾乎吹彈可破。話說回來，我們公司的女職員皮膚都比一般的女生更好，因為我們畢竟是化妝品公司，而且提倡自然派。如果公司的女職員皮膚很糟糕，不是會讓人懷疑這些化妝品的效果嗎？畢竟用了「白雪」洗面皂後，也不是每個人都能夠變美女。啊，我好像不應該說這些。

雖然公司裡也有像里沙子一樣，從國立大學畢業，因為腦袋好而進公司的女生，城野姊應該也算是這一類型吧，因為她是從公立T女子大學畢業的，在縣內算是很好的學校。

反正她一進公司就遇到了典子姊，再怎麼打扮也沒用吧。即使髮型、眉毛再漂亮，即使妝畫得再美，只要一站在典子姊旁，就立刻失色了。典子姊臉很小，一雙大眼睛，鼻子很挺，聽說她有法國血統。

我姊姊和典子姊讀同一所高中。

剛進公司時，我立刻告訴我姊，我們部門有一個超漂亮的女生，感覺不像是日本人時，她立刻問我，該不會是三木典子？我反而被她嚇了一跳。我和我姊讀不同的高中，所以不瞭解他們學校的情況，聽我姊姊說，典子姊在高中的時候就是遠近馳名的大美女。

我問我姊，妳們是朋友嗎？我姊回答說，和她在一起不會有什麼好事，同年級的女生都不喜歡她。我不難理解這種情況，那些女生八成都是出於嫉妒。

我很慶幸我的搭檔是城野姊。她在指導工作時很細心，即使我犯了錯，她也不會發脾氣，都會幫我收拾爛攤子，這一年她真的很照顧我。

她還教我怎樣才能泡出好喝的茶。

只要稍微注意水溫和泡茶的時間，即使是便宜的茶葉，也可以泡出好喝的茶。但是我們課長每次有客人拜訪時，都會請城野姊泡茶，然後叫典子姊送茶給客人，是不是很過分？

「——啊，城野小姐，請妳泡茶。三木（Miki）小姐，我是說典子小姐，請妳把茶端給客人。」

你會不會覺得這樣做太過分了？真的很想對課長說，那你乾脆叫典子姊泡茶啊！這也算是性騷擾吧？

只不過城野姊什麼都不說，如果城野姊很生氣，或是向我抱怨，我還可以和她站在一起，向課長表達抗議，但城野姊似乎覺得理所當然，泡完茶後，對典子姊說，「那就拜託妳了」。這麼一來，我當然就不便說什麼了。

如果我對她說，課長太過分了，等於暗指城野姊長得很醜。

她甚至在背後也沒有抱怨，我反而為這件事累積了不少壓力。

城野姊不僅不會生氣，她的喜怒哀樂之類的感情表達也很淡薄。

我從來沒有看過她大笑，也沒看過她流淚，更不知道她喜歡什麼。假日邀她去看電影，她也說不太認識那個演員而拒絕我；即使邀她去熱門的餐廳吃午餐，她也說她帶了便當，婉拒我的邀請。她在這方面很無趣，我甚至懷疑她根本沒有興趣愛好。

但是我現在覺得，愈是這種人，搞不好愈容易鑽牛角尖。

沒錯，就是篠山股長。

你居然知道篠山股長，這代表你也懷疑他是共犯嗎？城野姊告訴我之後，我才知道他們交往的事，但她並不是直接告訴我的。

我住在家裡，我媽會幫我做便當，所以每天都和城野姊一起吃。聽說幾年前，曾經有一個同事把醬汁滴在很重要的資料上，導致交易失敗，那次之後，公司就嚴格規定要去公司外吃午餐；如果在公司內吃午餐，就要去食堂或大會議室。

食堂每天都有很多人，所以大部分帶便當的人都集中在大會議室。

我帶的便當都是前一天晚餐的剩菜，但城野姊的便當很豐盛，簡直就像雜誌上的照片，雜誌上不是經常有「促進美容的一週便當」之類的單元嗎？紅、黃、綠三色營養很均衡，看起來也很賞心悅目。

我忍不住問她，「每天這麼費工夫地為自己做便當不累嗎？」她冷笑著說：「搞不好不只是為自己呢？」我從來沒有看過城野姊露出這種得意的表情，所以很驚訝。

這種態度不是讓人很好奇她到底為誰做便當嗎？

我問她，「是我們公司的人嗎？」她不置可否地反問我，「妳說呢？」雖然是吃飯時間，但我管不了那麼多，站起來巡視大會議室，結果竟然發現篠山股長便當裡的菜和城野姊的一樣。我太驚訝了。

在我們公司的單身男子中，篠山股長算是帥的，如果他想在公司裡找女朋友，可以有很多選擇，為什麼偏偏選城野姊？我實在太好奇了，忍不住接二連三地向城野姊發問。到底是誰追誰的？是怎麼開始的？

但是，城野姊只說不是像我想的那樣，想要敷衍我。所以，我換了一種方式發問，請她傳授成功的秘訣。結果她就說了。

「——要不要試試抓住男人的胃？先試三天。」

她差不多就是用這樣的語氣。對不起。

這代表她曾經親自下廚三天，抓住了篠山股長的胃吧。我完全能夠理解。有一次我忍不住抱怨自己的便當，怎麼連續兩天都是關東煮，她就和我交換了便當菜，她做的菜超好吃的。當時我就想，如果單身的男人想結婚，一定會娶像城野姊這樣的人。

當時，我真的很祝福他們。

我甚至因為這件事對篠山股長刮目相看。比起外表，更在乎女人內在的男人，在工作上不是也很值得信賴嗎？

沒想到，不久之後，竟然被我看到篠山股長和典子姊單獨在吃飯。

那是位在偏僻地區的一家豆腐專門店。那一陣子，我和我姊一起在減肥，想要瞭解一下豆腐料理，所以決定去那家店，結果看到他們兩個人坐在後方的吧檯前，依偎在一起開心地聊著天，感覺不止是同事關係而已。

我在這方面的觀察力很強，尤其篠山股長一臉眉開眼笑的樣子。

篠山，原來你也是這種人！我忍不住有點火大。

我姊姊問我，和三木小姐在一起的人，是不是還有其他女朋友？她也一眼就看出篠山股長在劈腿。我每天都看到篠山股長，所以沒有察覺，但他身上似乎散發出這樣的氣場。

我當然沒有向城野姊告密，這種事怎麼可能說得出口。

典子姊和篠山股長都沒有察覺我看到他們了，所以，他們也沒有做出什麼奇怪的事。不久之後，他們三個人之間似乎達成了某種共識。

因為篠山股長不再到大會議室吃午餐。

我也沒有問城野姊，怎麼最近都沒有看到股長，但可能我每天都在東張西望，所以她知道我已經察覺了。

有一次，她主動對我說，遇到典子姊，就只能認栽了。我什麼都沒問，她一邊吃便當，一邊故意用很開朗的口吻這麼說。我覺得很難過，忍不住哭了起來。城野姊不知所措地問，小滿，妳為什麼哭？我覺得如果城野姊也一起哭就好了。

也許哭出來，她心裡就舒暢了。

之後，城野姊的便當更加豪華了。

當時我還以為她在做無謂的抵抗。即使被甩了，自己一個人也要照樣吃美食，怎麼樣？認輸了吧？現在回想起來，那種豪華程度簡直可以媲美年菜。

里沙子有沒有告訴你公司內遭小偷的事？

沒錯，就是只留下栗子的那件事。城野姊開始做豪華便當的時期和第一次失竊事件的時間幾乎相同。

城野姊從那個時候開始出現問題。

雖然我知道城野姊失戀的事，但一開始並沒有想到失竊事件和她有關。得知蛋糕和冰箱裡的點心被偷時，我以為只是哪個同事嘴饞偷吃了。不知道城野姊是很注重健康，還是在減肥，從來沒有看過她在公司吃零食。

但她會吃慶生會的蛋糕，或是同事帶伴手禮回來發給大家吃的點心。

只有一次，城野姊自己帶甜點來公司。她買了便利商店的泡芙，我很驚訝地看著她，她說要避免被偷，所以就拿起麥克筆，當著我的面寫了「有毒」兩個字。

沒想到，她的泡芙還是被偷了，她顯得很失望，當時我也很同情她，覺得她運氣太差了。

我之所以會把偷竊事件和城野姊連在一起，是因為我親眼看到了。

雖然一開始大家都努力找誰是小偷，但漸漸感到累了，最後乾脆放棄了。

大家覺得只要不把點心放冰箱就好，或是覺得即使小偷想要偷東西也沒關係。尤其當抽屜裡的文具被偷，更覺得無所謂。反正本來就是公司發的文具，一旦被偷，再去領就好了。雖然有時候自己買的可愛便利貼也會被偷，但反正也不是什麼貴重物品。

即使金額相同，比起文具，食物被偷更令人心裡發毛。

城野姊每天早上幾乎都是第一個到公司，我早上向來起不來，但因為是菜鳥，而且我的搭檔那麼早到公司，我總不能姍姍來遲，所以也都努力提早到公司，但幾乎從來沒有比城野姊更早到公司的經驗。

某天早上，當我到公司時，城野姊也已經到了。

她站在典子姊的桌子前，我一走進辦公室，她立刻把抽屜關起來。我問她在幹什麼，她說要用儲存字型的磁片，昨天是典子姊最後一個使用，因為桌子上找不到，所以在她抽屜裡找一下。

因為城野姊並沒有特別慌張，而且那天早上要開會，城野姊要負責準備資料，所以我也沒有起疑心。

沒想到幾天後，從里沙子口中得知典子姊的原子筆被偷了，就想到搞不好是城野姊偷的。當我得知那是典子姊喜歡的一對小提琴手兄弟推出的周邊商品，要五千圓時，我更驚訝了。

這時，我終於確信，城野姊就是小偷。

一旦確信這件事後，其他的線索也都浮上心頭。十月慶生會時，為了找出誰討厭吃栗子，特地買了蒙布朗蛋糕，但城野姊去客戶那裡之後，就直接回家了，沒有回公司吃蛋糕。另外，我覺得她特地寫「有毒」也是在演戲。

但是，現在發生了這麼可怕的事，和陌生人從頭到尾說一遍時，覺得事實可能不像我原本想的那樣。

城野姊可能並不是因為心理有問題而偷東西，而是帶著明確的意志偷竊。

什麼意志？就是要偷典子姊的原子筆啊。

城野姊會不會知道那支原子筆是篠山股長送典子姊的禮物？也許她是因為原子筆的事，發現篠山股長在劈腿，結果被拋棄了。

比方說，城野姊在篠山股長家裡看過那支原子筆，幾天後，看到典子姊在用那支筆，於是，就會想要拿走成為他們分手原因的原子筆。八成是這樣。但是，如果只偷原子筆，別人一定會懷疑她。

在我進公司前，城野姊在只有女生參加的聚餐時，曾經告訴大家，她喜歡篠山股長。

所以，為了避免引起懷疑，先偷一些無關緊要的東西，當大家漸漸麻木後，再下手偷她最想要的目標。

也許你覺得怎麼可能大費周章地花好幾個月的時間做準備，但城野姊完全有可能做這種事。

也許偷原子筆也只是準備工作而已。

你應該知道，在典子姊遇害的那天晚上，有人看到她們一起坐上了城野姊的車子吧？雖然大家都覺得她們回家的方向相同，而且典子姊身體不舒服，所以典子姊會毫不猶豫地坐上城野姊的車子，但典子姊內心不是會對搶走城野姊的男朋友這件事感到愧疚嗎？既然這樣，怎麼可能坐上她的車子？即使篠山股長和城野姊和平分手，城野姊和典子姊之間不曾發生過任何糾紛，兩個人單獨相處時，還是會覺得很尷尬吧。但是，如果城野姊說，其實是她偷了原子筆，向典子姊道歉，說想要歸還的話，你覺得典子姊會上車嗎？

這是長期、有計畫的犯罪。

怎麼可能因為失戀殺人？但典子姊事實上不是已經被人殺害了嗎？除此以外，還有誰有可能殺她？

而且，城野姊是一個很會記仇的人。

我想起一件事，我曾經聽城野姊說過里沙子的壞話。里沙子在進公司不久的時候，不小心把城野姊的馬克杯敲出一條裂縫。我記得是四月慶生會時的事。

公司每個人都各自帶了馬克杯放在茶水室的杯架上，慶生會後，我和里沙子兩個人一起洗所有人的杯子。里沙子手一滑，手上的杯子掉進盆子裡了。那個杯子是我的，並沒有打破，但把盆子裡的杯子敲出一條裂縫。那個杯子剛好是城野姊的。

那個杯子的設計很簡單，白底上有一個金色的「S」，杯口很薄，看起來不便宜。我們兩個人想買一個相同的杯子賠她，向她道歉，但在網路上查了半天，也查不到是什麼牌子的，最後只能去百貨公司買了一個相似的杯子。

代表城野縮寫的「S」剛好賣完了，所以我們就買了代表美姬的「M」。

那次真的是荷包大失血。我記得要五千圓，我也出了兩千圓。因為里沙子說，都是因為我的馬克杯太重造成的。我只是把在一百圓商店買的杯子帶到公司去而已，但里沙子一個人住，五千圓對她來說負擔太重了，所以我也沒有抱怨什麼。

我跟里沙子說，我可以幫忙出錢，但要她一個人去道歉，也絕對不能提是我的杯子敲到她杯子的事。因為那時候我剛成為城野姊的搭檔，還不瞭解她這個人，所以不想引起風波。

里沙子遵守了約定。

里沙子走去城野姊的座位向她道歉，我在一旁看到了。里沙子恭敬地道歉說，是她不小心弄壞了杯子。城野姊說，那個杯子已經舊了，還特地去買新杯子，反而讓她很不好意思，還說要付杯子錢。

里沙子當然沒有收城野姊的錢，但之後城野姊、典子姊、我和里沙子四個人吃午餐時，是城野姊請客。

我還因為這件事，覺得城野姊這個人真好。

在偷竊事件發生兩個月後，城野姊說了令我難以置信的話。那是在我們搭車前往時雨谷的路上。因為城野姊和我是「時雨谷健行」的執行委員，要事先調查沿途有沒有在施工，所以由城野姊開車，我搭她的便車，和其他執行委員約在現場會合。

上車後，我發現杯架上有一個熟悉的馬克杯，就是里沙子弄破的那個杯子，裡面放著糖果。

城野姊問我要不要吃糖果，我拿了一顆放進嘴裡，但得知她這麼喜歡這個杯子，心裡覺得很對不起她，只是我沒有說出來。這時，城野姊突然開口說：

「──里沙打破了我的杯子，買了新的給我，只是沒想到她不向我打一聲招呼，就把舊杯子丟進了茶水室的不可燃垃圾桶裡。雖然她很聰明，只是做事不夠細心，有點受不了她。這種事必須由典子提醒她，不關我的事。」

當時，我覺得很心虛，沒有答話，只能看著窗外說，「沿途好像都沒有地方在修路欸！」因為是我對里沙子說，丟掉應該沒關係。

城野姊沒有多說什麼，但你不覺得她說話的方式很討厭嗎？不需要特地說什麼里沙打破了杯子這種話，只要說她很喜歡這個杯子，所以即使裂了一條縫，仍然捨不得丟不就好了嗎？

現在回想起來，如果我當時答腔的話，搞不好城野姊會拚命說里沙子的壞話，不，她搞不好想說典子姊的壞話，也許她覺得是因為典子姊的關係，才會打破杯子。

也許那個杯子和篠山股長有關。

對，一定是這樣。因為篠山股長的名字叫聰史（Satoshi）。如果是男生，姓城野的話，就會選姓氏縮寫的第一個字母「S」的杯子；但如果是女生的話，通常會用名字縮寫的第一個字母，搞不好篠山股長的家裡有一個「M」的對杯。

你看，城野姊是不是在很多事上都對典子姊很反感？

說完杯子的事後，城野姊突然加速飆車。一定是因為我沒有答腔，所以她只能飆車發洩。前面的車子貼了老人標誌，遇到黃燈就停下來，超級注重安全行車，但城野姊突然把車子開到右轉車道。我很納悶，因為只要直行就可以到時雨谷，沒想到綠燈時，城野姊突然加速超越了老人的車子，駛回了直行的車道。

之後她一直沒有減速，我很害怕，提醒她說，城野姊，小心被警察抓到開罰單，她冷笑著說，別擔心，她知道哪裡有警察，然後開得更快了，簡直好像變了一個人。

對了，城野姊變成另一個人的時候就會冷笑。

我猜想她在殺典子姊的時候，臉上也帶著冷笑吧。

啊喲，光是想到她那個表情，我渾身就會起雞皮疙瘩。你看，真的有雞皮疙瘩。

她一定騙典子姊上車，帶去時雨谷，在她身上亂刺一通，然後淋上柴油焚屍，又一路飆車回到車站逃走……

篠山股長不可能是她的共犯。

那個股長雖然可能會在衝動之下做這種事，但不可能有膽量研擬長期的殺人計畫。

——應該是城野姊一個人犯案。

不知道她當時是怎樣的心情？難道她不打算再回公司了嗎？

咦？我怎麼流淚了？我明明覺得很害怕啊，為什麼會流淚？

我腦海中城野姊冷笑的表情漸漸扭曲，變成了哭泣的臉。

城野姊應該想要成為一個帥氣的女人，想要談戀愛，為心愛的人做便當，但一個人的時候可以盡情飆車。也許在她覺得成為理想中的自己時，才會露出那種冷笑表情。

如果是這樣，她在殺人的時候應該沒有笑。

對不起，我的意見不斷改變。

雖然我認定城野姊就是兇手，但內心深處可能還不願相信。

我和里沙子不同，並不痛恨城野姊。里沙子是典子姊的搭檔，很崇拜典子姊，對殺了典子姊的城野姊恨得牙癢癢的，但我比較偏袒城野姊。

我這麼說的話，很可能會以為兩個醜女組成聯合陣線在鬧彆扭，但其實我覺得自己的長相並不算差。

只是如果站在城野姊的立場，我能夠理解她的行為。男人在看女人的時候，不都是以貌取人嗎？雖然我們女人並不想相互較勁，卻在不知不覺中被男人拿來做比較。

我們公司每年都會在各個部門安排兩名新進女職員的制度太奇怪了，等於要求其他人比較誰更優秀。像我和里沙子被分到同一個部門，里沙子讀的是好大學，我就很有壓力。

如果和典子姊放在一起做比較，我的個性一定會變得很扭曲。

所以，是公司的制度出了問題。

雖然我不知道城野姊去了哪裡，但希望她不會有自殺這種奇怪的念頭。希望她早日回來自首，我可以為她作證，讓她避免被判死刑。

我知道干涉你如何寫報導很失禮，只是希望你不要把城野姊寫得太負面。我姊姊雖然不太瞭解這起命案的事，但她也說，如果兇手是女人，她能夠理解兇手的心情，所以希望你在落筆時，努力引起所有女人的共鳴。

拜託你了。

那家豆腐店的名字？叫「大豆屋」。

什麼？你要我約篠山股長去那裡嗎？你可以叫里沙子去約啊。

那好吧，但你要答應我，到時候會把股長對你說的話告訴我。

篠山聰史（Shinoyama Satoshi）

聽說你是《英知週刊》的記者，但如果你打算添油加醋地寫一些無中生有的傳聞，我會馬上走人。

「博士」事件？九州那起兒童綁架殺人案嗎？我記得當時好像有某本週刊主張孩子的父親是無罪的，就是你那家嗎？你的意思是，就憑這點相信你？

真是傷腦筋，但是你找我來這裡，是不是相信了公司內的傳聞，認為我曾經和城野美姬交往過？

真是饒了我吧。

那當然是空穴來風，難道你有什麼根據嗎？

便當？喔，原來真的有人看到。她的確曾經拿便當給我，但那時候我也想說饒了我吧，真的造成我很大的困擾。

我為什麼會接受她的便當？只是因為很微不足道的事。

日出化妝品是日出酒廠的子公司，我喜歡喝酒，所以就進了大型酒廠，沒想到第三年被派到這家子公司，雖然對什麼米糠化妝品很不以為然，但又覺得輕鬆一點也沒什麼不好。沒想到去年入春時，「白雪」洗面皂突然爆紅，差不多有三個月忙得幾乎連睡覺的時間也沒有。

那一陣子經常睡在公司，只能靠精力飲料補充體力，有一天晚上加班，當我起身時，突然感到頭暈。當時城野美姬剛好也在公司加班，很緊張地問我要不要叫救護車，我隨口敷衍說，可能只是營養不良而已。

沒想到她隔天就為我做了便當。我對她說：「真不好意思，還麻煩妳特地做便當。」她回答說，因為她老家寄來很多蔬菜，她根本吃不完，如果我願意吃，等於幫了她的大忙。所以，我就收下了。

一開始只是一些燉菜和白飯而已，所以我也不覺得她有什麼不良動機，但當我在便當裡發現心形的飯糰後，就立刻拒絕她了。

她給我便當時，也沒有附什麼信或是紙條，更沒有親手交給我，而是直接放在茶水室冰箱的第二層。我吃完之後，再把空的便當盒放回原位而已，有點像是訂便當。

我當然向她表達了感謝。

馬克杯？不，我不希望留下什麼有形的東西，所以就在冰箱的便當盒旁邊放一些在便利商店買的巧克力或是泡芙之類的甜點。

她很高興地說，她很喜歡吃甜點。

她做的便當愈來愈用心，愈來愈有便當的感覺，但我只覺得菜色的品種增加了而已。你問我有沒有因此察覺到她的心意？我這個人向來有點遲鈍，你在讀書時，午餐有沒有帶過便當？

中學和高中都帶便當？那和我一樣，你吃你媽每天幫你做的便當時，會感受到母愛嗎？每天早上看到餐桌上用手帕包起來的便當，不會覺得理所當然嗎？打開便當盒時，不會確認今天到底有什麼菜吧？只是理所當然地吃完，只有偶爾放了自己不喜歡吃的食物時，會感到很失望而已，不是嗎？

我當時的感覺也一樣。雖然我曾經提議，我要付食材的錢，但她拒絕說，一旦收了錢，她就會有壓力，覺得要做得更好才行。

如果她說我願意吃她的便當，她就覺得很幸福這類的話，因為我對她完全沒意思，就可以直接回絕她，請她不要再做便當給我了；但她並沒有表達這種好感，我莫名其妙拒絕她，不是會淪為笑柄嗎？

雖然我儘可能在沒有女職員的時候偷偷去拿便當，但有時候剛好遇到兩、三個女同事在那裡聊天，即使我無意偷聽，也會聽到她們的談話內容。

「——上次聚餐後，某某突然對我說，對不起，我有女朋友了。我很想問他，你有事嗎？我什麼時候說過喜歡你了。」

「——啊喲，也太自戀了，他這個人的確有這種毛病，長得不怎麼樣，卻自以為自己是型男，只要稍微對他和顏悅色，就誤以為別人對他有意思，超噁心的。」

「——搞不好看他一眼，他就以為別人愛上他了。啊哈哈哈哈……」

每次聽到這種談話，就會擔心這種事哪一天會發生在自己身上吧？我和她們提到的某某交情不錯，事後不經意地向他打聽了一下，才知道茶水室的那個女同事每天晚上都傳簡訊向他道晚安，所以他下定決心說了那句話。

你應該也從我們公司的女同事那裡得知了這次命案的事，我勸你不要完全相信她們說的話。因為腦袋裡想像的事，一旦說出了口，就會變成好像真的曾經發生一樣。

現在回想起來，即使被認為自戀，一旦覺得麻煩，就應該斷然拒絕。

在她開始為我做便當一個月左右，好像是星期六，因為我們公司週休二日，所以那天下午，我一個人出門看電影，然後早早地吃完晚餐回家。當我打開玄關旁的信箱，發現裡面有一個保鮮盒，裝了洋芋燉肉。

即使沒有留字條，一看就知道是城野美姬送來的。這時我開始覺得有點不對勁。我住在公司租給單身者當宿舍的公寓，想要查我的地址並不難，但她這麼做不是會讓人心裡發毛嗎？

所以，星期一我把她找到沒有其他人的地方，告訴她這種事……雖然開了口，但想不到該怎麼說清楚，就結巴起來，沒想到她先開了口。

「——我去買東西後順便繞去你家，是不是造成你的困擾了？」

她竟然用嚴肅的語氣這麼問我。第三者聽了，應該會以為她送了什麼資料去我家。她並沒有造成我的困擾，也沒有要求我回報，被她這麼一問，我只能回答：「謝謝妳假日特地送菜給我。」

之後，她每個月會有兩次在假日把便當，應該算是晚餐的菜餚送到我家，放在信箱裡。並不是每個星期，可能有時候回了老家吧。除了便當以外，有時候還會放一些像是伴手禮的佃煮❶之類的。

嗯，我忘了那是哪裡的特產，就是包裝上有牛的圖案，寫著「再來一碗飯！」，那種肉燥倒是很好吃。那是神戶特產？不愧是《英知週刊》的記者，連這種事也知道。

城野美姬的老家？我不知道。

有沒有進去我家裡？沒有沒有，她送便當去我家時，曾經有兩、三次，我剛好在家，所以就和她去了附近的拉麵店，或是在外面一起吃了飯，怎麼可能讓她進家裡……真的，我沒騙你。

因為一旦沾上這種類型的人，絕對會後患無窮。而且，我也有幾個你情我願的對象。入夏之後，我才拒絕她再為我做便當。

我和剛交往不久的女朋友約會後回到家，被她發現信箱裡有東西。我很擔心信箱裡有便當，所以特地不打開，但女朋友說，信箱裡有咖哩的味道，所以就打開了。你想像一下信箱裡放咖哩是什麼狀況？

如果用手帕包起來，或是裝在紙袋裡也就罷了，把裝了咖哩的半透明保鮮盒直接放在信箱裡，從某種程度來說，根本是惡作劇了吧？

你媽從鄉下來看你時，曾經做過類似的事？真希望早一點聽到你這句話，我當時就可以這麼說了。因為我一時想不到什麼好藉口，所以就悶不吭氣，女朋友生氣地說，既然你有這樣的對象，那我走了。然後就這樣回家了。

沒錯，就是三木典子。

你有什麼好驚訝的？我沒和城野美姬交往，卻被當成和她交往，我的確曾經和三木典子交往，卻被當成是我的妄想。所以我剛才就說了，不要輕易相信那些女職員說的話。

典子一進公司，我就覺得她很漂亮，曾經邀她一起吃飯，但她很鄭重地婉拒了我。她鞠躬對我說，萬分抱歉……她是用這種方式拒絕我。聽說她父親是地方上的名人，過年的時候，附近一帶的生意人都會上門拜年，我也就放棄了，覺得自己高攀不上。

差不多快夏天的時候，她主動來約我，說有一家餐廳專賣全國各地的日本酒，她想要去那裡看看，尋找適合自己的酒，但她對酒不太熟，如果我有空，可不可以陪她一起去？

一起去了那家餐廳後，發現彼此很契合。當她喝了我推薦的酒之後，說出的感想和我一模一樣。

❶譯註：用醬油和砂糖滷製的小魚、蛤蜊肉或海藻類等配菜料理稱為佃煮。

她說的並不是「口感很清新」之類陳腔老調的感想，而是喝進嘴裡之後，腦袋中浮現的景象。我也是每次喝到好酒，腦海中就會浮現畫面。當我們每次都浮現相同的畫面時，是不是會覺得是命運的安排？

下次去喝葡萄酒。下次去吃好吃的肉。每逢週末，我們就相約吃飯。

我當然明確告訴城野美姬，我交了女朋友，女朋友不喜歡我接受別的女人做的菜，所以以後別再為我做便當了。為了感謝她至今為止的付出，我還去典子推薦的巧克力店，買了最貴的巧克力禮盒送給她。她也笑著說，以後就不必擔心我的身體，終於可以放心了。所以，我和她之間並沒有鬧翻。

我和她原本就沒有交往，說鬧翻似乎有點奇怪。

典子知不知道送菜給我的是城野美姬？知道啊。因為她說希望我說實話，我就把剛才告訴你的事也告訴了典子。

城野美姬知不知道我的女朋友是典子？知道啊。城野美姬問我，我的女朋友是典子嗎？我問她為什麼會這麼認為，她說是憑直覺，我也沒有否認。

她當時並沒有生氣，也沒有失望。

但是，既然今天發生了命案，早知道我不應該透露典子的名字，而且，我和典子也早就分手了。

對啊。去年年底，典子向我提出分手。她說在和我交往之前，就有一個喜歡的對象，但因為對方高不可攀，所以就放棄了，決定和我交往，但最近那個傢伙向她表白了。

公司裡的人？怎麼可能嘛，如果是公司的人，我怎麼可能輕言放棄？她說是一個小提琴手，聽說還小有名氣，出過幾張ＣＤ。

我雖然很生氣，覺得我到底算什麼，但內心深處早就預感到會有這麼一天，有一種「啊，終於來了」的感覺。

不是有這樣的民間故事嗎？有人把仙女的羽衣藏了起來，讓仙女無法回到天上，和她結了婚，過了一段幸福快樂的日子。有一天，仙女發現了藏起的羽衣回到了天上。我的心情差不多就是那樣。

我只能空虛地向她揮手。

我很懂民間故事？「白雪」洗面皂在前年之前的名字就叫「羽衣」，意思是說，洗了之後，感覺就像穿了羽衣可以飛上天，但完全賣不出去。即使我曾經親眼目睹暢銷商品暢銷的過程，也完全無法理解暢銷的訣竅。

諷刺的是，命案發生之後，「白雪」比之前更暢銷了。公司方面之所以沒有對這起命案下達封口令，或許也是打算利用這起事件，進一步打開商品的知名度。

是不是城野美姬殺了典子？

你不是因為這個原因，才問我城野美姬的事嗎？

為了消除認為我是共犯這種不負責任的傳聞，我才把一些原本不想說的事也告訴了你，你真的是《英知週刊》的記者嗎？

況且，《英知週刊》也只是剛好在「博士」事件中偶然押對了寶而已，搞不好也和其他週刊一樣，刊登了不少不負責任的報導。

問我只是為了確認？什麼意思？

兇手當然是城野美姬啊。

從她為我做便當這件事就知道，她表面上假裝沒有任何策略，卻用這種方式慢慢接近我。這起事件也一樣，雖然她在公司時若無其事地和典子相處，背地裡卻策劃了殺人計畫。這個女人根本就是蛇蠍。

和偷竊事件的關聯性？你知道的事真多啊，八成是那些女職員口無遮攔。我之前就猜想城野美姬就是那個小偷，從失竊事件發生的時間點來看，也剛好是我對她說，不要再為我做便當之後。我既然沒有拿她的便當，當然也就不會送小禮物給她。

她是不是覺得放在冰箱裡的甜點都是我送她的禮物？這代表失戀對她造成了重大的打擊，這種打擊漸漸發酵，除了偷竊冰箱裡的東西以外，甚至還去偷別人抽屜裡的東西。

我們部門的人都發現，雖然每個同事表面看起來很正常，但有一個人的行為不正常，只是大家都不去理會，這種態度才會培養出怪獸。

目前不是已經證實，焚燒典子用的柴油是城野美姬在歡送會的前一天，在上班途中去加油站買的嗎？用刀子還是菜刀亂刺一通根本不是正常人會做的事，而且還焚屍，只能說她精神出了問題。

雖然有人認為她沒有足夠的時間犯案，所以認為有共犯，這種脫離常軌的行為通常都是單獨行動吧？更何況懷疑我是共犯，真是太離譜了。

那天我的確在第一攤結束後就回家了，但我只是心裡不痛快，獨自回家喝酒。

因為有一個女生好像白癡一樣，一直在說豆腐、豆腐。我們預約了炭烤的套餐，她卻大聲問可不可以點炸豆腐？大家要不要吃炸豆腐？我忍不住酸了她幾句。

沒想到典子對那個女生說，下次要帶她去一家豆腐料理很好吃的餐廳，還說那裡的炸芝麻豆腐超級讚。

那家餐廳是我帶她去的，炸芝麻豆腐真的超好吃。

之前典子說，想試試很配豆腐的酒，我去「曼瑪羅」蒐集資訊，我的曼友很多都愛喝酒，所以找到一家位在偏僻鄉下，只有內行人才知道的豆腐餐廳。但是，典子在向那個女生吹噓時甚至沒有看我一眼。我們又不是吵架分手的，不需要對我這麼冷淡吧？但她分手之後，就對我視若無睹。

我並沒有恨典子，因為她和音樂家之間不可能長久。雖然我並不是在等她回頭，只是說我的心情很平靜。

對了，歡送會那天，她打扮得特別漂亮，也許約好要和那個小提琴手約會？他們約在車站附近見面，因為快遲到了，所以搭城野美姬的便車。

等一下，兇手會不會是那個小提琴手？

小提琴手要來這裡找典子玩。因為這裡的交通不太方便，為了去各個景點觀光，最好有車子。於是，典子向城野美姬借了車子。兩個人在公司一起上了車，小提琴手中途上了車，城野美姬下了車。城野原本就要出門，所以可能就在車站下了車。從有人在車站看到城野的時間來看，三個人可能一起去咖啡店喝了杯咖啡。

之後，只剩下小提琴手和典子兩個人，小提琴手把典子帶到沒有人煙的時雨谷，把她殺害了。動機可能是他有了其他女人，原本他就打算玩玩而已，單純的典子卻受騙上當了。

如果當初我沒有輕易退出，仔細調查一下那傢伙，也許可以救典子一命。

什麼？小提琴手的名字？我忘了他的名字，但聽說是叫什麼兄弟的兄弟檔。芹澤兄弟？對對，就是這個名字，果然警方已經在調查他了嗎？

星期六在東京舉辦演奏會？那就不可能來這裡。

所以，還是城野美姬啦。她謊稱母親病危向公司請假，但目前聯絡不到她，聽說她在車站時的樣子也很慌張。

對了，叫小澤來吧。叫他來車站前的咖啡店。

畢竟他是最後一個看到城野美姬的人。

小澤文晃（Ozawa Fumiaki）

股長，向週刊雜誌的記者說命案的事沒問題嗎？反正我也沒辦法提供什麼重要的消息。

歡送會那天晚上，我喝得酩酊大醉，坐在……剛好是赤星先生目前坐的座位，趴在桌上睡著了。當我猛然驚醒時已經十點多了，我心想慘了，立刻起身往外一看，剛好看到城野小姐雙手抱著一個大皮包跑過去。

你們看，這裡是不是看得很清楚？

早知道我就不坐在這個座位了，因為我看到城野小姐的時間，決定了她是否可能犯案這件事，責任未免太重大了。

我記得當時看了店裡的時鐘，記得是十點多，但通常誰會記得到底是十點幾分？相反地，如果記得很清楚，才有可能是共犯吧？

如果回答十點剛過，就對城野小姐有利；如果回答十點過了很久，就等於在幫想要陷害城野小姐的人，反正不管怎麼回答都會遭到懷疑。

有人想要陷害城野小姐，你們不覺得這個可能性很大嗎？城野小姐做事很認真，平時在公司時，即使不是她的工作，只要拜託她，她就會很親切地答應，所以常常留下來加班，早上也很早到公司。

我去蜜月旅行時，也曾經拜託她幫忙。

我是去年八月結婚的。

三木典子小姐、城野小姐和我同一年進公司，除了部門的人一起送的禮物以外，她們另外送了我一組對杯。她們兩個人看起來感情很不錯，還告訴我說，那是她們喜歡的藝術家設計的茶杯。

那是白色底色上分別有金色的高音譜號和低音譜號的簡單設計，杯口很薄，喝起來很方便。我老婆很喜歡，幾乎每天都用那兩個杯子，但這次的命案發生後，就有點那個，目前收進了碗櫃深處。

或許是因為這個原因，我不認為是城野小姐殺了三木小姐。雖然可能因為外表的關係有點自卑，但城野小姐在工作方面的能力很強，大家也都認同這一點啊。

話說回來，我只是和她們同一年進公司，對她們並不是很瞭解，而且那天我在這裡看到城野小姐時，也感覺她很慌張。

她一路衝向車站，抱著行李袋的樣子好像在抱橄欖球。

所以，星期一聽到課長說，城野小姐打電話到公司，說她母親病危時，我也覺得難怪她當時趕得這麼匆忙。但後來知道那是她說謊。

於是，我就忍不住思考，她那時候為什麼這麼慌張？

我想到她可能要搭乘特急電車，立刻去查了一下，發現十點二十分，有一班往大阪的特急電車，而且是最後一班。還有一件事，我也告訴了警方，城野小姐沒有去售票處，而是直接從站前廣場走向剪票口。

這代表她事先買好了車票。

這麼一來，就代表是預謀犯案吧。不過，這種事輪不到我來調查。

如果城野小姐搭了那班電車，就代表我是在十點二十分之前看到她。我想應該就是警方第一次問我時間時，我認為的十點十分到十五分之間。

這麼一來，城野小姐就不可能犯案了。嗯，我還是搞不清楚。會不會有共犯呢？啊，股長，我可沒有懷疑你。

搞不好另有真兇，知道城野小姐要搭乘特急的末班車，然後巧妙利用了這一點。不知道城野小姐是不是還活著……啊呀，我亂說啦。

這些都只是我的推測，請你千萬別寫喔。

【請參考第二〇三頁的資料2及第二一七頁的資料3】

第三章

同學

前谷美野里（Maetani Minori）

致太陽週刊編輯部：

我有言在先，這是一封抗議信。

我平時並沒有看週刊雜誌的習慣，這次是因為收到老同學的簡訊，才會拿起三月二十五日出版的《太陽週刊》，她希望我看那一期週刊上的某篇報導，再把感想告訴她。

就是有關「時雨谷粉領族命案」的報導。

我之前也從電視和報紙上得知了這起命案，看到和自己同齡的單身女子身中十幾刀，燒焦的屍體在雜木林中被人發現的新聞，的確感到很震撼。

看到電視上播出時雨谷的影像後，回想起自己學生時代的朋友就住在那裡，三年前，我曾經回去那裡看過。想到朋友如今獨自生活在那麼可怕的地方，就不由得為她感到擔心。

我立刻去買了《太陽週刊》，翻到報導命案的那一頁，最先令我感到驚訝的是，死者三木典子在生產「白雪」洗面皂的公司上班。雖然週刊上沒有提到公司的名字，但我立刻就知道是「日出化妝品」，於是越發感到不安了。

因為我朋友也在「日出化妝品」工作。

我相信那家公司一定因為這起命案鬧得滿城風雨，不知道我的朋友好不好。

我在為她感到擔心的同時，不禁懷疑週刊怎麼可以公佈這些資訊？但是，當我在網路上搜尋命案相關資訊時，發現竟然大剌剌地出現了公司的名字，讓我發現原來是自己太孤陋寡聞了。看到命案發生後，「白雪」洗面皂的訂單暴增的報導，又忍不住擔心這個問題也很嚴重。

我也是「白雪」洗面皂的愛好者，但並不是人云亦云，跟著湊熱鬧。「白雪」以前叫「羽衣」，我從那個時候就開始使用了。我的皮膚容易過敏，朋友寄給我她任職的公司所生產的這款用天然素材製作的洗面皂，建議我試試看。

我臉上原本有很多青春痘，使用了這款洗面皂後不到一個星期，皮膚就變得很光滑。我在試用之後，當然就自己用明信片訂購。但商品自從改了名字，令人印象深刻的電視廣告播出後，這款洗面皂突然爆紅，有時候居然在訂購後，要一個月才能收到商品。只有這種時候，我才會直接打電話給我朋友，拜託她分我，哪怕一塊也好。

因為我無法再使用其他洗面皂。

我朋友立刻寄了「白雪」給我，而且一次寄了三塊。雖然她工作很忙，但還抽空附了一張字條給我。

「——希望大家有機會再在『撫子莊』重聚！」

「撫子莊」正是我和我的朋友——城野美姬共同度過學生時代的公寓。我在看週刊的報導後，發現城野被稱為「S小姐」，被當成了殺人兇手。撫子莊充滿了很多我們學生時代的回憶，足以證明她不可能是殺人兇手。

「撫子莊」是T女子大學學生的專用公寓。

三層樓的鋼筋公寓離學校走路十五分鐘，走路去車站五分鐘，地理位置很方便；三坪大的房間內有廁所和流理台，房租只要兩萬圓。

雖說是外縣的都市，大家都對我能租到這麼便宜的房子感到驚訝，只不過並不是凶宅之類的。雖然沒有浴室，但在離公寓一百公尺的地方就有澡堂，所以並不會太不方便。比起我考大學時住的飯店房間內那種狹小的簡易浴室，我反而更喜歡這種每天去大浴池泡澡的生活，覺得自己找到了好房子。

開學之後，我才知道大部分同學都住在房租將近十萬的漂亮套房。開學後不久，有同學來我家玩，一臉很受不了的表情說：「妳居然敢住這種地方。」我才知道我住的房子原來在別人眼中是「這種地方」，應該是指沒有空調，讓人聯想到昭和年代的老房子吧。

我家並不是特別窮，一方面是學校介紹的，再說我是我家第一個搬出去住，家人以為學生公寓都這樣。事實上公寓各層有八戶，總共有二十四戶，有三分之一的房間沒人住。

但是，那裡的住戶人都很好，大家的關係很和睦、很團結。我搬去的一個星期後，還舉辦了歡迎會。那一年四月搬進去的是我、城野，還有另一個女生，但我擔心你們會去採訪她，造成她的困擾，所以就姑且在這裡稱她M。

當初就是M叫我看《太陽週刊》的。

歡迎會很溫馨，一起吃著大家帶來的料理和點心，自我介紹後，學姊告訴我們學校的情況，以及想要在公寓愉快生活的秘訣。

因為女子公寓禁止帶男生入內，所以學姊還告訴我們如何帶男朋友回家，卻不被住在隔壁的房東發現的方法。當學姊說：「帶回家是沒有問題，只是那個的時候不要太大聲，因為其他人聽得一清二楚。」我們三個新生都忍不住羞紅了臉，低下了頭。畢竟我們都是來自鄉下的純情女生。

尤其城野不知道「那個」是什麼意思。當學姊告訴她就是指做愛，她的臉紅到耳根，但一臉認真地問，可以在結婚前做這種事嗎？所以，學姊都叫她「小天」，意思是天然紀念物。城野說，這個綽號很可愛，我和M也都叫她小天。

她喜歡看的書是《清秀佳人》和《秘密花園》，不喜歡偶像，喜歡古典音樂；不喜歡亮閃閃的花稍衣服，喜歡柔軟、天然材質的衣服；化妝時，也只擦保護皮膚的粉底而已；既不燙髮，也不染髮；只吃過一次泡麵，甚至不知道有速食的炒麵——

城野的確是名副其實的「小天」。

為了方便各位想像城野的人品，之後都稱她為「小天」。

「白雪公主殺了白雪公主嗎？」

「這位S小姐的本名令人聯想到『白雪公主』。」

這種牽強附會太過分了。

那次歡迎會後，我、小天和M成為好朋友。

尤其我和小天都是生活環境系，我讀的是生活環境學組，小天是食品營養學組，我們經常在系內遇到，也經常一起吃午餐。

小天很會做菜。

她幾乎很少外食，早晚都自己下廚，午餐都是自己帶便當。當我把老家寄來的蔬菜分給她，她就會做成好吃的菜送到我房間。當她自己收到家裡寄來的蔬菜，或是M分給她時，她也會做好之後分送給我們。有時候做很多時，還會去分給學姊。

我在居酒屋打工，每天回到家時，通常都超過十二點了。這種時候，她就會把做好的菜裝在保鮮盒裡，放在我的信箱內。

我很喜歡小天做的菜，而且她會做各種不同的菜色，我吃得比住在家裡時更健康。

當我身體不舒服時，小天的料理幫了我很大的忙。小天也會自己做醬菜，即使食慾再差的時候，只要有她做的紅紫蘇漬黃瓜，就可以吃一大碗飯。

我們這些窮學生到月底之前，皮夾裡往往只剩下零錢，但只要把老家寄來的食材或冰箱裡剩下的東西拿去小天家，她就會變出好吃的料理。填飽了肚子，心靈也得到了滿足。

曾經發生過這樣一件事。

某個寒風吹起的日子，我的皮夾又只剩下零錢。當我經過車站時，看到魚店開著小貨車在路邊賣魚。因為已經過了傍晚，一大籃沙丁魚只賣一百圓，我立刻買了一籃去找小天。

沒想到M也在，她也買了沙丁魚，而且小天自己也買了。我們相視大笑，原來大家想的都一樣。

買了這麼多沙丁魚，當然不可能交給小天一個人處理。於是，我們決定在小天的指導下，大家一起動手。有的夾酸梅肉後油炸，有的做成沙丁魚丸，煮成魚丸湯。做了一大碗、一大盤，三個人根本吃不完，於是去分給其他房間的人。

「新鮮料理宅急便。」

我們一路吆喝，端著鍋子和盤子去其他人房間送菜的感覺很開心，遇到有人不在家，就裝在保鮮盒裡，附上用色鉛筆畫的「撫子食堂外送服務」的卡片，放在信箱裡的感覺更興奮。

小天做的菜真的很好吃，再加上大家都是單身生活，很少有機會吃魚，所以每個人都很高興。

每次聽到學姊說「很好吃」時，就有一種幸福的感覺，會發自內心地笑出來；聽到她們說「下次還想吃」時，就覺得如果自己也會做菜，很想每天都分送給大家吃。

廚藝好的人不是都理所當然地把自己做的菜分送給鄰居嗎？我住在老家時，也有幾個鄰居經常送菜上門。自己也有相同的經驗後，更能夠充分瞭解他們的感受。

送給學姊和同學就這麼高興，當然會想要每天做給心愛的人、男朋友吃。

這種事值得週刊雜誌大寫特寫嗎？

「她利用某次一起加班的機會開始為我做便當，但之後把便當送去我家的信箱，讓我有點發毛。」

我大致能夠猜到是誰說這句話，因為我曾經見過他一次。

是不是篠山先生？

我和M、小天在畢業之前，都一直住在撫子莊，彼此的感情也很好。

畢業後，我回老家附近工作，小天留在大學所在的T縣，M去了大阪，都在不同的地方工作，但我們經常用電話和電子郵件相互聯絡。在畢業後第一年夏天，我和M一起去找小天玩。

小天靠著在學生時代考取的營養師證照，順利考進了日出酒廠，但在畢業前夕，臨時被改成了日出化妝品。

在進公司之前，小天曾經擔心「雖然這裡不算是大城市，但化妝品公司可能有很多漂亮的人」，但她來接我們時，看起來很開朗，我也鬆了一口氣。之前在駕訓班上道路駕駛課時，她開得戰戰兢兢，不時被腳踏車超越，M看到她開車來時，也嚇了一跳。

「公司的人都很好，每天都很開心。」

「因為我平時開車上班，所以開車技術變好了。」

小天對我和M說。

我們都覺得小天愈來愈出色了。

我們去了車站附近的蕎麥麵店吃午餐。

就是在那裡遇到了篠山先生。

但篠山先生已經吃完了，所以只是在收銀台前擦身而過。小天先發現了他，「啊！」地驚叫了一聲，篠山先生才「喔……」了一聲看著我們問她：「妳朋友嗎？」我們根本不知道他是誰，就向他打了招呼，就這樣而已，對他並沒有留下特別的印象。

反正每家公司各課都會有一、兩個這種類型的人。

M事後說：「虧他牙齒那麼白，但可能剛才吃了沾麵，門牙上竟然黏了蔥花。」我甚至連這件事也忘了。

小天的表情卻令人印象深刻。她的臉脹得通紅。我們一坐下後，來不及點餐，就立刻問小天，那個人到底是誰。小天回答說，是公司的前輩，但我們一眼就看出小天喜歡他。

吃完飯後，我們去了時雨谷，我和M推了小天一把。

但是，在此之前……先來看看貴週刊對時雨谷的描寫。

「T縣T市的『時雨谷』是假日的好去處，一家人烤完肉之後，小孩子可以戲水、採集昆蟲，大人可以看書、睡午覺，充滿牧歌的氣氛。」

雖然觀光協會期待時雨谷成為這樣的地方，即使我們去的時候正是暑假的週六，也只看到一家人在那裡玩。

由此可見，「貴週刊的報導方式多誇張」。

「小天，妳是不是喜歡那個人？趕快去向他表白。」

我和M一起鼓勵她，小天拚命搖頭。

「公司有很多女生喜歡他，他怎麼可能喜歡我這種人？」

我這種人。從學生時代開始，這句話就是小天的口頭禪。她很晚熟，即使在打工時遇見喜歡的人，也不敢主動表白，結果對方很快交了女朋友。她大學四年都沒有交過男朋友。

但如果我是男人，一定會喜歡像小天一樣的女孩子。她個性單純，一點小事就會讓她感到很高興。把CD還給她時說：「妳借我的CD很好聽。」或是送她旅行帶回來的伴手禮，買生日蛋糕送她時，她的一雙大眼睛會閃耀出喜悅的光芒。

貴週刊也提到了公司發生的失竊案，看了內容之後，我就可以斷言絕對不可能是小天。

「翌日，盤子上只留下一顆栗子。」

小天最愛吃栗子。

每到秋天，M的老家就會寄來栗子，小天每次都會煮甘露栗子。我們經常去買便宜的葡萄酒配甘露栗子，聊戀愛的事到天亮。

那天我們去小天家時，她也準備了葡萄酒和零食，聊了很多戀愛的事，好像在懷念大學的時光。主要的話題當然圍繞著小天，我和M一起建議她，用她拿手的廚藝一定可以打動篠山先生。

貴週刊這樣寫，會讓我們覺得自己也有責任，所以有必要澄清誤會。

「S小姐廚藝精湛，她運用廚藝成功地和公司內的男同事交往。」

「但是，所謂交往，似乎只是S小姐一廂情願的想法。」

為了證明小天的確曾經和篠山先生交往，而不是小天一廂情願，或許以下的內容有點猥褻，但這是為了維護小天的名譽，請見諒。

畢業後第一年，即使我們在不同的地方工作，也經常相約見面，但時間一久，因為忙於工作和結交新朋友，所以很少有機會和小天、M見面，彼此的聯絡也變少了。

去年五月連假結束時，我難得打電話給她。我在前面也提到，是為了託她買「白雪」。

小天說她之前用員工價買了不少，可以分給我，所以洗面皂的事很快就聊完了，我們聊了相互的近況，我問她和篠山先生怎麼樣了。

她在電話那一頭傳來幸福的笑聲。小天在發自內心感到滿足時，會露出「小天笑容」，想到她在電話的另一端一定露出了這樣的笑容，我也忍不住感到高興。

我問她，你們在交往嗎？她回答說，對啊，多虧了妳們當時的建議。然後就把和篠山先生交往的來龍去脈告訴了我。

從去年春天開始，日出化妝品的「白雪」洗面皂突然爆紅，公司上下忙成一團，篠山先生的身體以乎出了狀況，小天決定做便當給他吃，這件事成為他們兩個人交往的契機。貴週刊的報導上也提到了這一點，代表篠山先生也承認這件事，但他居然說，雖然接受了便當，但並沒有交往，真受不了有人竟然可以睜眼說瞎話。

小天曾經告訴我，篠山先生欣然接受了便當，他喜歡吃牛肉和茄子，不喜歡吃柳葉魚和番茄。小天還告訴我，他像小孩子一樣，希望把米飯做成飯糰。勉為其難地收下便當的人，會提出這樣的要求嗎？

請貴週刊去向篠山先生確認一下。

我問小天，他們有沒有那個？小天害羞地吞吐了半天，最後承認他們的確有了那種關係。

那並不是小天的妄想。

他喜歡別人舔他腳趾頭的中趾和無名趾之間。

小天還告訴我這件事。篠山先生是她的第一個男人，所以她並沒有對這件事產生疑問，但這不是很奇特的性癖好嗎？經常聽說男人喜歡舔女人的腳，居然有男人叫女人舔自己的腳，而且是中趾和無名趾之間。

這種事可能杜撰嗎？

篠山先生明顯在說謊。

況且，請冷靜思考一下這起命案。

「案發當晚，有目擊證人看見典子小姐上了S小姐的車子。」

關於這一點，如果小天開車載三木典子去時雨谷，她之後到底要怎麼下手？

「時雨谷的山豬嗎？」

用這種方式比喻，會讓世人以為小天是女泰山。事實上，小天無論身高和體重都低於標準，力氣也很小，連果醬瓶的瓶蓋都無法自己打開。

小天在高中時曾經參加天體觀測社，讀大學時，沒有參加任何社團活動，打工時，也選擇了只要把入浴劑裝箱這種坐著完成，完全不需要體力的工作。

這樣的小天把另一個女人從時雨谷的停車場帶去雜木林時，只有兩種方法。

首先，讓死者自己走去雜木林。

「案發當晚，S小姐可能利用那支原子筆約典子小姐出去。」

怎麼可能用一支原子筆把死者帶到深夜的雜木林？或許因為是開車，所以能夠把她帶去時雨谷，但到了時雨谷之後，前方是雜木林，三木典子小姐一定會察覺有異狀，怎麼可能和她一起前往呢？

雖然也可以認為是小天硬把她拉進雜木林，但一個女人要把另一個女人硬拉進雜木林恐怕沒這麼容易。我不知道三木典子的體型和力氣如何，但只要她有被害者意識，小天恐怕很難帶她走進雜木林。

會不會使用安眠藥，讓被害人失去意識呢？

如果是這樣，更不可能是小天了。學生時代，M曾經醉得不省人事，睡在公寓前的馬路上，我和小天發現了她。因為睡在路上很危險，所以我拉著M的手臂，小天抬著她的腳，想要把她帶回家，但真的是相當困難的一件事。

我相信寫這篇報導的記者沒有照顧病人的經驗，想要移動缺乏失去意識的成年人是一項重體力工作，總之，重得超乎想像。M很瘦，但當時我們只是把她搬動三公尺，把她移到路邊，小天就跌倒了兩次。

小天根本不可能和三木典子小姐兩個人單獨去雜木林。

即使退五百步，她成功地把三木典子小姐帶去了雜木林。比方說，小天很熟悉星象，以這個理由邀三木典子進入了雜木林，但小天有辦法在那裡用刀子攻擊三木典子小姐嗎？

柔弱的小天即使舉起刀子，也一定會反過來被三木典子小姐攻擊。

既然這樣，兇手到底是誰？

「我和典子早就已經分手了。」

這句話是篠山先生說的吧？他和小天分手，和三木典子小姐交往，原來他們也分手了。不知道是誰提出分手，死者很漂亮，八成是篠山先生被甩了吧。

既然這樣，就有充足的動機了。

相反地，貴週刊認為小天到底有什麼動機？

「S小姐似乎遭到上司的差別待遇。」

我和小天在電話中也會聊工作的事，但完全不曾聽說她遭到上司的差別待遇，相反地，她曾經很自豪地告訴我：「課長經常稱讚我泡的茶很好喝。」

「每天做了豪華便當給他，但他最終還是看外表。S小姐很難過，我也曾經好幾次聽她說典子小姐的壞話，覺得很為難。」

這種證詞也令人難以置信，篠山先生被三木典子小姐搶走後，小天或許曾經恨過她，但小天不是那種會記仇的人。我們在學生時代住在一起四年，從來沒有聽她說過別人的壞話。

我們公寓的人基本上關係都很好，但之後搬進來的學妹中，有些人會把衣服一直放在公共洗衣機內，也有人幾乎每天都帶男朋友回家，熱戰到天亮。我和M經常說她們的壞話，或是當面指責她們，但小天從來沒有任何抱怨。

小天的個性並不激烈，不可能因為失戀就動手殺人。一旦失戀，她會把自己關在家裡。學生時代也一樣，每次失戀，她就說自己沒資格談戀愛，然後就開始迷戀藝術家這些在現實生活中高不可攀的人。

不過，我也能理解大家懷疑小天的理由。

「S小姐從翌週週一開始，就謊稱『母親病危』向公司請假。」

我猜想小天是不是協助篠山先生行兇？篠山先生欺騙了小天，試圖把所有的罪行都嫁禍給她，也許所有做出對小天不利證詞的人都是同夥。

寫這篇報導的記者是不是無法從整體看事情？只從整體中挑選有趣、聳動的內容，帶著戲謔的心情，呈現出和事實完全不同的面貌，認為這樣可以吸引更多讀者。還是記者被別人識破是這種人，巧妙地加以誘導利用了？

剛才提到同夥，我想到了另一個可能性。

會不會是三木典子小姐想要攻擊小天？

小天個性很純真，只要對她說，想搭她的車子去時雨谷，她一定願意幫忙。只要有理由，她一定會毫不猶豫地走進雜木林。結果在雜木林內差一點遭到攻擊，她立刻抵抗，最後不小心刺中了對方。

如果不動手，就會死在對方手中。小天可能在恐懼之下連刺對方數刀，之所以會點火焚屍，也是因為對方準備了這些材料，所以不加思索地這麼做。

果真如此的話，就是正當防衛。

我知道這種猜測荒誕無稽，但案發之後，小天一直沒有和我聯絡，讓我無法否定這種想法。可見小天以某種方式涉入了這起命案。

如果她是共犯而決定暫時藏匿，應該會來投靠我或M，但是，她至今仍然沒有和我或M聯絡。

這代表小天並不是共犯，而是犯下了更重的罪行。雖說是正當防衛或是意外，但如果小天殺了人，她可能無法承受罪惡感……

她也許會選擇結束自己的生命！

如果小天偶然看到了《太陽週刊》，知道大家都在懷疑她，就會更加鑽牛角尖，更堅定地走上絕路。

是貴週刊逼小天走上絕路。

以下是小天老家的地址，請你們務必要找出小天的下落。如果小天發生了不幸，我一定會控告《太陽週刊》。

即使小天犯了罪，也請你們把小天還給我。

把我重要的好朋友還給我——

尾崎眞知子（Ozaki Machiko）
島田彩（Shimada Aya）

「你好，我是尾崎真知子。謝謝你寄《太陽週刊》給我，我認真看過了。你是怎麼拿到我們的畢業紀念冊的？」

「不能透露消息來源？笑死人了，你感覺真的像是媒體人，雖然你故弄玄虛，但應該就是從網路上買來的吧？」

「網路上有在賣嗎？畢業典禮後，老師不是叫我們不可以這麼做嗎？」

「即使寫了保證書，還是有人為了賺零用錢去做這種事。所謂個資法根本只是說說而已，個資根本要多少有多少。」

「難怪我最近經常收到婚介所的廣告，我還在納悶，他們怎麼會知道我沒有男朋友，原來是這樣。所以你是看了城野美姬的畢業紀念冊，按學號順序輪流打電話找到了我。瞭解了，瞭解了，既然這樣，你就早說嘛！因為感覺心裡毛毛的，所以我帶朋友一起來。」

「不好意思，我也一起跟來了，我叫島田彩，我一直希望有機會接受採訪。不必理我沒關係，你們開始吧。」

「那就請你先看一下這個。」

「小真，妳居然把學生會報也帶來了，準備得太周到了。」

「當然要給記者看這份東西啊……就是這一頁。」

「三年B班的各類排行榜？不會吧，城野美姬是『可能犯罪的人』排行榜上第二名，妳居然找到這份東西。」

「我很厲害吧。因為一開始接到電話，說想要打聽城野美姬的事，我根本不知道她是誰，甚至懷疑我們班上是不是有這個人，也搞不懂為什麼會打電話給我，但因為大部分同學都離鄉背井，所以我決定接受採訪，提供協助，就開始想該說些什麼。我翻開三年級時的學生會報，發現我和她竟然是同班同學，看了各種排行榜後，就剛好看到這個。」

「沒想到這個排行榜這麼準，這個『可能會很早結婚的人』的排行榜中，前三名都已經結婚了，『可能會進演藝圈的人』中的竹下，不是也被星探相中，現在是雜誌的模特兒嗎？」

「即使這樣，也太驚人了，但至少不能讓這個排行榜說中啊。」

「小真，妳當時也投城野嗎？」

「沒有，因為我甚至忘了她和我同班。」

「的確，她很文靜，很不引人注意，雖然功課很好。」

「彩，妳倒是知道得很清楚，妳曾經和她同班嗎？」

「一年級的時候。因為『城野』和『島田』的學號很近，所以烹飪實習課和班遊時和她同組，所以就記住了。」

「沒想到妳比我更清楚，幸虧找妳一起來，那妳就先說吧。」

「沒什麼值得一提的事啊，我不太喜歡她，她太認真，或者說是古板。在上烹飪實習課時，既然是分工合作，就不必來干涉我做的事。在做馬鈴薯燉肉時，我原本想用目測的方法加醬油，她卻說一定要計量正確的分量。」

「原來她還糾正妳，真大膽啊。」

「妳別亂說話，這樣會讓人誤會啊。我雖然個子比較高，說話也很大聲，別人以為我是班上的大姊頭，但其實我對大家都很好，也對城野說了對不起，然後用計量匙量了醬油的分量。」

「這種事根本不需要道歉啊。」

「但她感覺很陰沉，不是讓人心裡毛毛的嗎？F中的畢業生曾經告訴我一些奇妙的傳聞。」

「什麼傳聞？我完全不知道有這種事。」

「那是班遊的時候。我聽以前是F中的同學說，城野有詛咒的魔力。」

「詛咒的魔力？什麼意思？好可怕喔。」

「國二的時候，有一個男生在打掃時間惹毛了城野。那個男生是足球隊隊長，聽說是從外縣市的強校挖角過來的厲害選手，只是有點調皮搗蛋。那天他在打掃時踢抹布玩，不巧剛好踢到城野的頭上，城野就哭了。他雖然道了歉，但城野堅持不原諒他，一個星期後，他在放學路上發生車禍，右腳骨折了。」

「哇，被詛咒了！但這只是巧合吧？」

「我也以為是巧合，但那個F中畢業的同學不這麼認為。她說，隔天早上，城野聽到老師說那個同學發生車禍時，她笑了起來。妳知道城野那個詭異的笑容嗎？」

「沒有，我從來沒看過。」

「在烹飪實習課時，只要做出好吃的菜，她就會露出得意的笑容。即使我知道那是她表示心滿意足，也覺得很噁心。在同學發生車禍時也這樣笑，不是超可怕的嗎？所以大家就說要給她點顏色看看，沒想到提出要教訓她的同學不久之後就轉學了。另外，有些想要討好學生的老師，不是會在上課時專門找乖巧的學生麻煩，想要用這種方法殺雞儆猴嗎？有一個老師找城野麻煩，後來得了憂鬱症，請假不來學校上班了。」

「怎麼看都像是詛咒啊。那個踢足球的同學後來怎麼樣了？」

「F中畢業的同學都說，他絕對可以成為職業選手，但之後沒聽說J聯盟的球隊裡有這一帶的選手，所以應該沒成功吧。」

「因為城野的詛咒嗎？」

「應該吧？聽說他受傷很嚴重，所以妳能理解我為什麼為醬油的事向她道歉了吧？」

「嗯嗯，妳道歉是對的，否則她可能會詛咒妳嘴巴燙傷，或是刀子割到手之類和下廚有關的事。高中的時候沒有人被她詛咒嗎？」

「不知道，我沒聽說。班遊的時候我滑雪一直跌倒，曾經懷疑是不是城野詛咒我。」

「對了！我想起來了，她的運動能力不是很差嗎？第一學期的排球比賽時，她排球實在打得太差了，為了讓優奈能夠參加第二天的比賽，還特地把城野的運動鞋藏了起來。」

「優奈就是女子排球隊的隊長嗎？」

「對，對。」

「結果暑假後開學的時候，有人散佈優奈大清早從龜山老師家走出來的照片。」

「對對對，聽說是她的前男友森田幹的，是輕音樂社樂團的主唱，所以，在投票選『有可能犯罪的人』時，我投票給森田，妳看，他是不是第一名？」

「真的是森田幹的嗎？」

「雖然森田否認了，但當然是他啊，不然還會有誰？他被甩的那天晚上，在優奈家外面彈吉他唱失戀的歌，結果有人去報警了。除了他還有誰會做這種事？」

「城野。」

「啊……她雖然因為球鞋的關係無法參加比賽，但我們班因此得到了冠軍，班導師請大家喝了果汁，城野也喝了，不是好事一樁嗎？」

「是嗎？小真，萬一是妳的球鞋被人藏起來呢？」

「我很會打排球啊……但是，小時候我超不會吹口琴，音樂會時，老師用膠帶把我口琴上面黏了起來，那時候幼小的心靈受到很大的創傷，曾經詛咒過那個老師去死……優奈的事，應該也是詛咒吧。」

「我就說嘛！而且，我記得城野參加的是天體觀測社，在學校觀測星象回家時，可能剛好看到優奈從龜山老師家出來，覺得可以用來報仇。」

「咦？妳覺得是城野親自動手嗎？」

「當然啊。小真，難道妳真的相信詛咒的魔力嗎？」

「相信啊，所以才覺得那個白雪公主在時雨谷被殺，也是城野詛咒的魔力，因為死者怎麼可能被城野亂刺一通卻不還手呢？如果是我，一定會還手，所以，白雪公主是被她的前男友或是跟蹤狂之類的男人殺害的，但最終是因為城野詛咒的關係。」

「我覺得是城野殺的。白雪公主不是被刀子亂刺一通嗎？城野很會用菜刀，對於肉的纖維方向和把魚頭剁下來的角度之類的訣竅瞭若指掌，這樣的話，即使一對一，也可以幹掉對方吧？第一刀就刺中要害，然後再亂刺一通，試圖擾亂警方的偵查，再放火燒了。」

「彩，妳看太多推理連續劇了，如果兇手是醫生或護士還有可能，城野只是化妝品公司的粉領族，有必要這樣大費周章嗎？」

「小真，妳真是太天真了，報導中不是也提到城野很會做菜嗎？」

「但是……當時散佈照片的確實是森田，只不過是城野詛咒的魔力造成的。殺害白雪公主的也是城野以外的人，卻是城野詛咒的魔力。妳不覺得這樣比較好玩嗎？童話故事中，也是會魔法的王后讓白雪公主吃下毒蘋果。」

「反正我們該說的都說了，到時候就看赤星先生怎麼寫了。」

「對了，學生會報上有每人一句的專欄，看看城野當時寫了什麼。……找到了。」

「『希望上大學之後會有好事發生。城野美姬』……她的願望真空虛，我猜想應該沒發生什麼好事。」

江藤愼吾（Etou Shingo）

當我看到中學時代的同學被列為時下鬧得沸沸揚揚的「時雨谷粉領族命案」的兇嫌，我真的很驚訝。我也加入了「曼瑪羅」，上面公佈了城野美姬的姓名，還有她以前就讀的小學、中學和高中。

你是不是從誰口中聽說她有「詛咒的魔力」，所以才會來採訪我吧？

果然是這樣。那次的事完全是我的錯。

那時候，我足球踢得很好，所以有點得意忘形。

我從小學一年級開始踢足球。比我大兩歲的哥哥加入了本地少年足球隊，我很自然地以為自己上了小學後也要踢足球，所以沒有想太多，就加入了足球隊。我哥是因為喜歡卡通的主角才會加入足球隊。

我加入球隊後，很快就超越了我哥哥。

雖然是鄉下的足球隊，但訓練很嚴格。當時，大學剛畢業的栗田教練回來這裡，在洗衣店上班，但他實力很強，高中時代參加的球隊曾經在全國高中運動會中得到亞軍，他把工作放在一邊，專心指導我們球隊。

五年級和六年級時，我們在縣賽中獲得冠軍，六年級時，我曾被選為最優秀選手；升中學後，縣內足球很強的私立學校希望我去他們學校。我和栗田教練商量，栗田教練說，他當年進了本地的公立中學，高中才去讀外縣足球很強的私立學校，至今仍然覺得當初的決定是對的，所以，我也決定讀本地的中學。

少年足球隊的所有隊員都進了F中學，所以在中學的比賽中也獲得不錯的成績，只不過不是那些足球很強的私立學校的對手。但我在一年級時就被選為本縣的強化選手，所以並沒有太大的不滿，而且大家都把我捧在手心，我覺得很得意。

我經常收到女生的禮物和情書，已經數不清到底有多少女生向我表白，也經常有女生把自己做的點心放在我課桌內。

對了，我們是在談城野的事。

我和她讀同一所中學，一年級和二年級時同班。一開始完全沒有注意到她，但一年級時，她坐在我旁邊，經常讓我抄作業。她的字跡很工整，答案也幾乎都正確，即使不和她坐在一起之後，仍然向她借作業。

所以，我自認為和城野的關係還不錯，當然，並不是把她視為戀愛對象，因為她真的很不起眼。如果她把頭髮綁成麻花辮，就很像戰爭電影裡的女學生。

但她的性格並不會很陰沉。她借我抄作業，我就幫她擦黑板作為感謝，沒想到她做了餅乾送我。

她做的餅乾還滿好吃的。

所以，我無法相信她竟然為那件事無法原諒我。

也許你已經聽說了……

二年級某次在打掃教室時，我和足球隊的同學在玩，看能不能把抹布踢到桌子上。對我來說，這種遊戲根本太簡單了。我說這樣沒意思，對方就向我咬耳朵說，下一次目標是城野的頭上。

我們並不是想要整城野，只是拿著掃把的城野剛好站在我們面前，像烏龜一樣慢慢掃地。

這種事對我來說輕而易舉。我伸出腳把抹布一踢，抹布不偏不倚地剛好落在城野的頭上，好像戴了一頂帽子。我應該叫了一聲：「讚啦！」然後又說著：「對不起，對不起。」跑到城野的面前。我發現她臉脹得通紅，流著眼淚說：「我不原諒你！」我太驚訝了。這有什麼好哭的？雖說抹布被我們踢來踢去有點髒，但那是用來擦窗戶的乾抹布。

城野不原諒我也無所謂，但那時候我很討厭班上有人討厭自己，也許是把自己當成偶像了吧，而且，她的作業不借我抄也很傷腦筋。原本以為她隔天就會回心轉意，所以隔天一到學校，我就向她道歉說，昨天的事對不起。

沒想到她直視著我的眼睛說：「我不原諒你。」之後我在不同的日子、不同的地點向她道歉了四、五次，她每次都回答：「我不原諒你。」班上的同學都叫我不要再道歉了，但我打算一直道歉，直到從她口中聽到「原諒」這兩個字為止。從某種意義上來說，有點像在賭氣。

把抹布踢到城野頭上的一個星期後，我發生了車禍。

我們中學位在高地上，我每天騎腳踏車上學。那天參加完社團訓練後，騎著腳踏車衝下黑漆漆的坡道，撞到了從岔路衝出來的車子。

右腿大腿骨折，整整三個月才痊癒。

在我腿傷好了之後，才知道班上的同學說是因為城野的詛咒讓我受了傷，在那之前，我連城野的城字都沒想過，只關心自己的傷勢。

回到教室上課後，我發現班上似乎和以前不一樣了。原本是班上大姊頭的女生轉學了，社會科的老師因為憂鬱症向學校請假。不知道為什麼，大家竟然認為都是城野「詛咒的魔力」。

我不清楚城野自己知不知道別人這麼說她，因為其他人都和她保持距離，所以應該沒有人當面對她說，但她應該察覺大家都在背後議論紛紛吧。

但城野並不會因此討好其他人，或是故意表現出開朗的樣子。

她總是一個人聽音樂。有女生猜拳輸了，假裝親切地問她：「美姬，妳在聽什麼？」城野就借她聽。據說是聽不太懂的古典音樂，於是大家又揶揄那是在發揮「詛咒魔力」時用的音樂。

但是，大家真的相信「詛咒的魔力」嗎？

我也有討厭的人，也曾經希望那傢伙遭遇不幸。雖然不至於詛咒別人去死，但希望對方失敗，或是被女朋友拋棄，或是感冒生病之類的事，應該每個人都曾經有過吧，就好像我們會希望天氣放晴，天氣趕快變溫暖一樣。

這就是所謂的念力吧。即使偶爾如願了，也和個人意志無關吧。

我猜想大家並沒有想太多，只是因為好玩，說什麼「詛咒的魔力」。你覺得城野美姬真的有這種能力嗎？

她每天拚命做便當，好不容易追到了男朋友，對方卻變了心，愛上了比她漂亮好幾倍的女人。那個女人平時就讓她吃了不少苦，她很希望這種女人趕快消失——她強烈地這麼希望，結果，這個女人真的被別人殺了。

這種事有可能發生嗎？

轉學和憂鬱症也許是偶然，我覺得只是那些同學牽強附會而已，至少我的車禍和「詛咒的魔力」無關。

那天，我的腳踏車煞車壞了。

我騎的是公路車，只要稍微扯一下煞車線，就可以輕易破壞煞車。

我作夢也沒有想到會遭人破壞，沒有檢查就騎上了車，衝下坡道。那時候太陽已經下山，那輛車開了車頭燈，所以我知道那輛車從岔路出來，只不過我握了好幾次煞車，即使用力握，前輪和後輪的煞車都沒用，我就直接撞上車子了。

我認為是城野破壞了我的煞車，因為除了她以外，我想不出還有誰討厭我。

我當然很生氣，也很恨她，但我沒有質問她，也不想報復她。因為我想要趕快恢復自己的體能，而且我很想進一所高中，不想惹事生非，即使只是很小的事。

你應該聽過A高中的名字吧？日本隊的選手中根和名倉都是那所學校畢業的，不光是足球，其他運動項目也出了很多知名的選手。

我考上了那所高中。

你一定在想，既然考上了，為什麼現在會在這種鄉下地方？你的想法都寫在臉上。既然你是記者，這方面最好注意一下。不是嗎？那……

城野美姬破壞了我成為足球職業選手的夢想。

你期待我這麼說，但聽到我考進了名校，所以感到失望吧。如果我可以這麼說，心裡或許比較輕鬆。

我是因為實力不足，所以無法成為職業足球選手。

說到底，我只是井底之蛙。雖然進了名校，但發現像我這種實力的人有好幾百個，高中三年，我從來沒有成為正式隊員上場比賽過。我很想說是因為右腿曾經骨折的關係，但其實我的腳早就好了。

之後，我進了足球並沒有很強的大學，畢業回到老家。

我考了執照，目前在做不動產相關的工作。我哥去讀東京的大學，就留在那裡工作，我爸媽看到我回來很高興。我在這裡擔任青年團的團長，也有打算結婚的女朋友，我的人生並沒有失敗。

雖然很多人誤以為回到老家就等於夢想破滅。

我目前仍然在踢足球，我加入了本地的足球俱樂部，也擔任少年足球隊的教練。我回到這裡之後，栗田教練對我很好，我們一星期差不多有一半的時間都在一起喝酒。多虧了栗田教練，每天才能這麼快快樂樂。

城野美姬身邊是不是沒有這樣的人？

她在讀中學的時候並不是獨來獨往，經常和其他幾個不起眼的女生一起吃便當，但如果問我誰是她的好朋友，我就不知道了。

如果她身邊有人可以聽她傾訴煩惱，不可能發生那起命案。

在死者身上刺了十幾刀，然後焚屍……她內心應該充滿了黑暗。

赤星先生，也許是我製造了她內心的黑暗。雖然當時覺得她不需要為那麼一點小事動怒，但長大以後，覺得被人把抹布踢到頭上可能是極大的屈辱。不管抹布乾不乾淨，都不應該放在頭上。

日本人去國外時，經常滿不在乎地摸當地小孩子的頭，其實那是很不禮貌的行為。

因為某些國家認為舉頭有神明，只有小孩子的父母才能摸他們的頭，日本人卻理所當然地用他們的髒手去摸人家小孩子。也許他們的手不髒，但仍然齷齪。

也許城野也覺得我很「齷齪」。我在她內心製造了小小的黑暗，也許你覺得這種小事微不足道，但中學生不是正值青春期嗎？往往比大人敏感好幾倍，一些微不足道的事也會看得很嚴重，一直放在自己的心裡。

如果我也曾經有類似的煩惱，或許能夠理解城野內心的創傷，但那時候的我根本不可能理解她。我製造的黑暗在她內心不斷成長，最後引發了悽慘的事件。

事到如今，即使懊惱自己當年做了蠢事也來不及了。

聽說城野向公司請假時說「母親病危」，我知道她在說謊。她的母親在超市收銀台工作，我昨天才見到她，她還向我打招呼，「啊喲，是慎吾啊，午安。」她平時就會向女兒的同學打招呼，昨天也和平時一樣。

她知道自己的女兒成為殺人命案的兇嫌嗎？

警方應該曾經聯絡她，照理說不可能不知道，可見她神經很大條。如果是我媽，知道兒子成為殺人命案的嫌犯，應該躲在家裡不敢出門了。

畢竟有血緣關係，搞不好她們母女在這些方面很相像。

也許城野躲在老家，這代表她就在這裡，但即使我看到她也不會報警。

她至今仍然沒有對我說「原諒」這兩個字。

為了彌補當年的罪過，我希望能為她做點什麼，所以才答應接受採訪，但好像並沒有幫到她什麼……

對了，你可以寫我的名字，如果有需要就拿去用吧。

【請參考第二二一頁的資料4和第二二九頁的資料5】

第四章

當地居民

松田芳江（Matsuda Yoshie）

東京來的週刊記者……喔，名片嗎？謝謝。Akaboshi，赤星不發濁音？所以要唸成 Akahoshi 嗎？

找我有什麼事嗎？

關於城野美姬小姐的事？

認識啊，美姬出了什麼事嗎？我在電視上看了「時雨谷粉領族命案」，和美姬有什麼關係？

她該不會是兇手吧？

美姬離開之後，我和她就沒聯絡了，對她一無所知，我和她媽媽也不是很熟，以前的事也記不太清楚了。

總之，我沒什麼話好說的，而且，我正在煮豆子，要看著鍋子。

對不起，請你離開吧。

喔，對了，你可以去向在前面農田裡幹活的爺爺打聽。

谷村豐（Tanimura Yutaka）

這不是橘子樹，是檸檬樹。

想和我稍微聊一下？我不知道你想幹什麼，反正我剛好在休息，無所謂啊。

你從哪裡來的？東京嗎？那還真遠，千里迢迢來這裡有什麼事嗎？

城野家的美姬？

喔，我認識啊，她也是永澤這一帶的小孩。從千原川東側到明神山一帶稱為永澤地區，那是城野家分家出去的三男的女兒，只要從這條路一直走，在第二個轉角處往右轉就是他們家。

她是怎樣的小孩？我家的孫女夕子和她同年，讀小學時，她經常來家裡玩。是怎樣的孩子？會跟大人打招呼，很乖巧……

喔，對了，我家書架上有一套世界兒童文學全集，我媳婦說那套書很好，所以就當作是慶祝夕子上小學的禮物，但我家夕子不愛讀書，完全不看一眼，倒是美姬每次都興奮地站在書架前挑選，不知道接下來該看哪一本。夕子也受到她的影響，看了其中一本。

一定是美姬的功勞。

美姬功課很好，聽說她去讀了一所很難考進的女子大學。如果夕子一直和美姬當好朋友，搞不好至少能好好去學校。雖說家醜不該外揚，但夕子很膽小，剛上學校不久，每天早上都吵著不想去學校，等美姬來叫她一起去上學，她才慢吞吞地換好衣服，勉強去學校讀書。

但升上六年級後，她就完全不出門了，現在也老大不小了，不出去工作，每天在家遊手好閒，真不知道她對以後的生活有什麼打算。

為什麼會變成這樣呢？美姬也突然不來我們家了，真奇怪，難道她們吵架了……不，一定是那件事。

原來那次是和美姬一起。

那兩個孩子闖了大禍，她們引發了火災。

這是我聽我媳婦說的，所以具體情況不是很清楚，明神山的山麓有一座明神廟，夕子和美姬在那裡玩火，把小廟全都燒了，周圍的樹木也都燒了起來，差一點釀成重大火災。雖然她們兩個人都認了錯，但問她們為什麼要做這種事時，她們死也不開口。

夕子膽子小，不可能玩火，再加上留在現場的火柴上，印著美姬的爸爸常去的那家酒家的名字，所以我媳婦氣得跳腳，說是美姬把夕子帶壞了。

我媳婦很兇，一定跑去城野家理論，所以美姬每天早上不再來找夕子一起去上課，也不再來家裡玩了。

你想進一步瞭解火災的情況？已經是十多年前的事了，之後又在原址建了新的明神廟，現在大家都忘了曾經發生火災這件事吧。

對了，你為什麼問這種事？

美姬做了什麼嗎？

「時雨谷粉領族命案」？我不太清楚，好像曾經在電視上看過，但最近可怕的事件一樁接一樁，搞不清楚到底是哪一樁。所以，是怎樣的命案？

一個粉領族在時雨谷的雜木林中身中十幾刀，還遭人焚屍？喔，我想起來了，好像是去採野菜的人發現的，我老婆聽了很害怕，所以今年都沒去採野菜，今年連野菜也吃不到了，全都是那起命案害的。

那起命案怎麼了嗎？

被殺的粉領族該不會就是美姬？

不是？所以，是她殺的？啊呀呀呀呀……

你是刑警嗎？記者？原來是這樣，難怪千里迢迢來這裡，但那麼乖巧的孩子有辦法殺人嗎？不，等一下。

這次也有放火吧？

記者先生，我看你不要問我，還是直接去問夕子。我家就在前面，直直往前走，第一個轉角處往左轉就到了，門口掛著「谷村」的門牌，一下子就看到了。

夕子躲在自己房間玩遊戲，但只要對我媳婦或老婆說，你是從東京來的記者，她們一定會把夕子從房間裡叫出來。我收拾一下馬上回家，即使夕子不肯出來，你也等我一下。

沒想到出了這麼大的事。我不知道美姬為什麼殺人，但搞不好是因為她之前燒了明神廟引起的後患。

八塚絹子（Yatsuka Kinuko）

喂，喂，你過來一下。

你就是那個在調查城野家女兒的東京記者吧？我也有話要告訴你，你先進來坐一下。你在趕時間？要去哪裡？我剛才看到你和谷村家的爺爺在說話，你該不會想去找夕子？那孩子不行啦，雖然以前曾經和美姬是好朋友，但聽說她沒辦法和別人交談，已經躲在家裡好幾年了，完全喪失了溝通能力。

即使偶爾在街上遇到，她也完全目中無人；即使我很熱情地向她打招呼，她也不理人。我說她躲在家裡，只是不外出工作，並不是一步也不踏出家門的意思。尤其在河對岸開了一家超商後，經常看到她拎著超商的袋子走過去，每次都是買果汁和零食。她小時候長得滿漂亮的，現在完全沒有小時候的影子了。

我要告訴你的是關於那場火災的事。

谷村爺爺有沒有告訴你？雖然他上了年紀，腦筋還很清楚，不過那件事情鬧得那麼大，不可能不記得。

當初就是我發現了那場火災。

怎麼樣？要不要進來坐？

差不多剛好是十四年前。那一年，我老公擔任永澤地區的區長，只有重要的事時，他才會出馬，其他的瑣事全都由我負責處理。那天我也準備去明神廟打掃，為春祭作準備。

我在去明神廟的路上遇到了美姬和夕子。

我會不會看錯？你這麼問真沒禮貌。我女兒是她們的同學，所以，我還在想，她們怎麼沒有和我女兒在一起。雖然只是擦身而過，但我記得很清楚，就是她們兩個人。況且，永澤一帶所有的小孩子我都認識。

我女兒目前在當空服員。她以前就很活潑開朗，所以現在才能找到這麼好的工作。不像那兩個孩子看起來很乖巧，卻在背地裡幹壞事。

遇見她們時的印象？她們兩個人互看著，一臉笑嘻嘻的。當時我並沒有太在意，事後回想起來，應該是她們難掩玩火後的興奮，而且在她們燒東西的地方，留下了奇怪的東西。

沿著明神山麓的石階往上走，就是明神廟。幸好明神廟在高處，所以遠遠就可以看到那裡冒著煙。雖然其他人也發現那裡在冒煙，但都以為是我打掃後，在那裡焚燒落葉和垃圾，因為明神廟後面有一個小型焚化爐。

我當然知道不是這麼一回事。那時候還沒有手機，我去鄰居家借了電話，向消防隊通報後，立刻找了左鄰右舍一起趕往明神山。因為消防車沒有這麼快趕到，我們沿途找了很多人，站在通往明神廟的石階上，接力遞水桶滅火。

我當然站在最前面。

當我走上石階時，明神廟已經燒起來了，我拚命澆水滅火。因為風向的關係，煙和火星都飄過來，但我當然不能逃走，因為明神是永澤地區的守護神，一旦燒起來，不知道會帶來多大的禍害，而且，除了火星以外，還有人形的紙也一起飛了過來，我真的嚇死了。

那天的空氣很乾燥，也有點風，老舊的明神廟很快就燒了起來，火勢蔓延到周圍的樹上，幸虧消防車及時趕到，避免了山林大火。火勢終於撲滅後，警方勘驗現場，我也一起參加了。

火源來自廟後方的焚化爐。在燒完東西之後，焚化爐的門沒有關，焚化爐內的東西被風吹了出來，引燃了明神廟。焚化爐內找到燒焦的五十根裁縫用待針，警察很訝異到底在燒什麼，所以我就說了人形紙飛出來的事，還有去明神廟的途中，遇見了美姬和夕子的事。我並不是在懷疑她們，只是警察問我從出門到發現火災的情況，我就把沿途發生的事都說了出來。

但是，當我聽說在石階上撿到了「白雪」酒家的火柴時，我就知道果然是她們在玩火。不應該說是她們，而是美姬。

那時候大家都知道，城野家的老公迷上了「白雪」酒家的年輕小姐，每天都去那裡捧場。這件事不知道是真是假，聽說他太太還去找了那個年輕小姐，揮著菜刀大叫：「我要殺了妳！」

城野太太真的有可能這麼做，大家都知道她很兇，叫她「水澤的驚世媳婦」。沒想到美姬很文靜，完全不像她媽媽，白淨肉肉的臉也像她爸爸，所以性格應該也像她爸爸。

城野太太不至於醜，只是皮膚很黑，顴骨很高，可能對她老公比她更白感到自卑吧，聽說她老公的外遇對象是來自北方雪國的白皮膚美女。

城野太太不僅大罵老公的外遇對象，也經常對她老公大吼大叫，所以他們家裡的氣氛應該很不好。

我覺得那些人形的紙應該是美姬用來代表她爸爸的外遇對象，然後在人形紙上刺滿待針燒掉。雖然聽起來有點毛骨悚然，但除此以外，小孩子也沒能力做其他事。

我當然沒有把這種推測告訴警察或其他人。

那兩個孩子馬上承認在廟後方玩火，但問她們燒了什麼，為什麼要在明神廟後面燒東西，她們閉口不答。

這種事當然沒辦法說出來，而且她太可憐了。美姬因為家庭不和，傷害了她幼小的心靈，結果做了那種事，引起了這麼大的風波。即使不說出真相，她也應該充分反省了，所以大家也就原諒了她……

大家不是都說她有「詛咒魔力」嗎？

對大城市的人說這種話，可能會被笑死，但她真的有這種魔力。

啊喲，你已經知道她詛咒的那些事了嗎？

那在我說其他的事之前，先去泡個茶。

我剛才也說了，我女兒和美姬是同學，小學、中學和高中都讀同一所學校。我和我女兒感情很好，大家都說我們像姊妹，所以，我女兒都會把美姬在學校的那些詛咒的事告訴我。

通常做父母的不太會相信詛咒這種事，也會罵小孩不可以說這種事，但我不是親眼看過那件事嗎？雖然覺得可能只是小孩子被逼到走投無路後所做的事，但也懷疑是不是什麼詛咒的儀式，心裡覺得有點害怕。

那個足球隊的男同學受傷，以及老師得了憂鬱症，應該都是她做了人形紙，用針刺了之後拿去燒掉引起的。當然，我並沒有把這些想法告訴我女兒，那個年紀的女孩原本就多愁善感，我怎麼可能讓她更加害怕？

我只是對她說，她和美姬的個性合不來，不必勉強和美姬當朋友。

但是，我曾經很後悔沒有說出美姬的真面目。美姬之後不是考上了公立女子大學嗎？不瞭解她的人都對她大肆稱讚，她媽媽走在路上時可神氣了。

我女兒考進了東京J女子短大英文系，你是東京人，應該知道那裡很難考吧？但鄉下人聽到是四年制的公立大學，就立刻覺得那所學校比較好。

雖然美姬很聰明，但內心扭曲的孩子竟然受到比我女兒更多的讚賞，我真的每天晚上躺在床上都氣得咬牙切齒，很想把真相告訴大家。

我最後還是沒有說，因為我絕對不想讓別人覺得我在嫉妒。我心裡很清楚，我女兒讀的大學比她那所學校的門檻更高。

而且，讀什麼大學不重要，不管是多難考的大學，即使考上了東大，也只是人生中的一個過程而已，重要的是之後做什麼工作。我女兒從小學生時就立志要當空服員，而且也實現了夢想。這個地區，不，整個町都沒有出過空服員，我相信我女兒是第一個。

美姬只進了一家我從來沒聽過的公司。

雖然她媽媽很得意地吹噓是「日出酒廠」，但一問之下，才知道是日出酒廠子公司的化妝品公司。除非是在百貨公司設櫃的化妝品大品牌，否則怎麼能和空服員相提並論呢？

那家化妝品公司的洗面皂去年不是很紅嗎？我試著打電話訂購，結果竟然缺貨。既然這樣，根本不應該在電視上打什麼廣告嘛。我去買菜時，剛好遇到之前向我推薦這款洗面皂的朋友，忍不住向她抱怨了一下，結果她說，可以託城野太太幫忙啊。

什麼意思？我忍不住問了那個朋友，一問之下才知道，全國賣得最好的洗面皂，竟然就是美姬任職的公司生產的。我才不想買那種地方生產的肥皂呢。

其實，我從那個時候就有一種不祥的預感，忍不住想，美姬那孩子不知道現在怎麼樣了，會不會偷偷地進行詛咒的儀式。

我在電視上看到「時雨谷粉領族命案」時，聽到死者身上被人連刺多刀後焚屍，突然想到了美姬。我當然不可能有什麼預知能力，為了讓自己心安，我去上網查了命案相關的事。

沒想到網路上寫死者是在生產「白雪」洗面皂的公司上班的粉領族，那時候我就確信兇手就是美姬。雖然我不知道她和死者之間發生過什麼事，但小時候痛恨一個人時，只能用燒人形紙的方式洩憤，如今終於超越了臨界點，直接對當事人下了手。

也許她也曾經試過人形紙，但可能詛咒效果不佳。我以前曾經在哪一個節目看到過，即使是真正的巫師，也只有在小時候能夠充分發揮能力。

即使美姬曾經有過這種能力，現在應該已經沒有了。

這件事嗎？當然從來沒有告訴別人。雖然我曾經想打匿名電話給警方，也曾經想寫在網路的佈告欄上，但最後還是作罷，因為詛咒的魔力聽起來好像在胡說八道，別人不可能當真。

只不過我至今為止沒有向別人揭穿美姬的本性這件事，讓我很有罪惡感。

早知道我應該把從明神廟火災那件事推測出來的想法告訴別人，我女兒告訴我美姬詛咒的事時，也曾經有機會說出來。一旦我說出來，美姬或許有機會接受心理輔導，消除內心的邪惡，或許應該讓她把重新建好的明神廟的符籙帶在身上。

我之所以會告訴你，是因為我太痛苦了，不能繼續把這些事埋在心裡了。兇手絕對就是美姬，但電視和報紙都完全沒提到她的名字。剛才松山太太傳簡訊給我，說有一位從東京來的週刊記者正在調查城野美姬的事。

週刊雜誌不能公佈提供消息者的名字吧？即使美姬去問你們，到底是誰說了這些話，你們也不可以告訴她吧？

所以我才在家裡等你。

無論別人認為她多麼文靜乖巧，做事認真，不可能殺人，但我告訴你的這些才是她的本性，請你一定要寫清楚。

說起來很諷刺，她用來燒明神廟的是「白雪」酒家的火柴，自己公司生產的商品居然也叫「白雪」。

不知道她每天是帶著怎樣的心情去上班。

如果洗面皂不是那個名字……事到如今，說這些也為時太晚了。

谷村夕子（Tanimura Yuko）

你要問城野美姬的事吧？

告訴你是沒問題啦，我可以一邊玩遊戲嗎？對了，要不要一起玩？很簡單，就是看誰搶先衝進敵營，拿到寶物……喔，原來你玩過，那就不說廢話了。

剛才我爺爺來我房間，問我東京來的記者已經走了嗎？我問他在說什麼，他偏著頭納悶了半天。你來我家之前去了哪裡？

喔，我知道，你不能說剛才去採訪了誰。反正即使你不說，到了明天，附近的大嬸就統統知道了，而且我媽最喜歡打聽這種八卦，即使是和我家有關，根本不想聽的事，她也都會去打聽。也多虧有這樣的媽，所以我整天躲在家裡，對這一帶的事也都很瞭解。

如果你在農田裡見了我爺爺之後，又去別家串門子，八成就是八塚家的大嬸。她一定聽誰說了你的事，然後在家門口等你。我說對了嗎？

這也不能說嗎？沒關係，你這個人很好懂，腦袋裡想什麼都寫在臉上。你剛才的表情像是在說「妳都看到了嗎？」我說對了吧？喔，原來這個問題可以回答。那我要考慮一下怎麼發問。

如果你想打聽城野美姬的事，那個大嬸一定會說明神廟火災的事吧？說我們燒了人形紙，進行了詛咒的儀式。

有什麼好驚訝的？你該不會真的相信她說的，以為她真的從來沒有告訴過別人吧？你太天真了。她今天第一次見到你，憑什麼特別告訴你？你不要以為鄉下人都想巴結東京的記者，那是八塚大嬸在聊八卦時的開場白。

還是說，她真的以為之前從來沒有告訴過別人？果真如此的話，代表她病得不輕。

不過，她應該真的沒告訴過警察。

大嬸說的事並非完全都是她憑空杜撰的。明神廟的確因為我們的關係失火燒毀了，也真的曾經燒人形紙。

但是，安妮……就是城野美姬，我都這麼叫她，因為她希望我這麼叫她。安妮叫我黛安娜。

所以……你的表情也太明顯了，是不是覺得我和這個名字根本不配？那只是小孩子在玩遊戲嘛，而且，你是不是有玩曼瑪羅？

哼，最近開始不玩了？

那些大人不是也都取一些讓人覺得很噁心的暱稱嗎？

扯遠了。八塚大嬸是不是說，我們要詛咒安妮爸爸的外遇對象，才會做那些人形紙燒掉？那根本是她亂猜的。

雖然那時候安妮的爸爸的確和酒家女外遇，家裡的氣氛也因為這個原因變得很差，但安妮不會那種為了洩私憤而做什麼事，而且，她當時雖然煩惱，應該並沒有恨對方。我從來沒有聽她說過別人的壞話。

當初的確是安妮提議做人形紙來燒掉，但那是為了我。

我剛進小學不久就被同學欺負。我原本就很怕生，也不會說笑話，反應也很遲鈍，具備了被欺負小孩的所有要素；最糟糕的就是我的名字。我爺爺有沒有告訴你我叫什麼名字？不，是漢字。

夕陽的夕，兒子的子，夕子。

上小學之前，大家都叫我「小夕」，但剛上小學不久，大家就開始叫我「章魚」。什麼原來如此啊？這些鄉下小孩，不管男生和女生都扭著腰，笑著叫我「章魚、章魚」。我氣得要命，咬緊牙關時，臉不是會脹得通紅嗎？結果大家又嘲笑著說，看吧，果然是章魚。我只能一個人偷哭。

你又露出「無聊死了」的表情。他們章魚、章魚叫不停，每天都不放過我，對我來說，簡直生不如死。赤星雄治不可能瞭解這種心情啦。

我對父母說，不想去學校。他們問我為什麼，我忍著羞辱，鼓起勇氣告訴他們原因，他們竟然捧腹大笑，說我是自尋煩惱。我忍不住頂嘴說，我都是因為你們才會被同學嘲笑，他們事不關己地說，要怪就去怪爺爺。

我爸和我媽原本幫我取了夕布子的名字，夕陽的夕，布匹的布，兒子的子，請爺爺去報戶口，爺爺到了公所後，看著夕布子想，這三個字唸出來就不是「yu-u-ko」，所以就把布字拿掉，用夕子幫我報了戶口。你知道嗎？一旦報了戶口，即使名字寫錯了，也不可以馬上更正。

我爸聽我爺爺回來說了之後，立刻去公所更正，說報戶口時漏了布這個字，公所的人說，如果要更正，就要去法院辦理手續。只不過順手加一個字而已，公所的人卻把事情搞得很複雜，我爸和我媽覺得去法院辦理太麻煩了，覺得夕子就夕子吧。

怎麼可以這樣輕易放棄？真是的。

況且為什麼要叫爺爺去報戶口？而且，夕陽的布是什麼意思？不是有很多字都發「yu」的音嗎？像是優秀的優，悠久的悠，有限公司的有，其他還有很多字都發

「yu」的音啊。不過，向你抱怨這種事也沒用。

——你又中彈了？只剩下半條命了。

不管是箭還是子彈，都不是只有從正面飛過來而已。你即使不發問，我也會自己說，你專心打遊戲吧。

對了，如果遊戲結束，我就不再說了。

安妮每天早上來叫我，展開章魚人生的我才勉強願意去學校。她為什麼會來叫我？只因為住在附近，所以順路來叫我嗎？如果這樣的話，八塚茜為什麼不來找我一起去上學？

安妮和小茜完全不一樣。

小茜根本就是把我推向章魚人生的始作俑者。小學一年級剛開學不久，還沒有學片假名和漢字，她竟然在大家面前說：「夕子的夕和片假名的『ta』雖然長得一樣，但大家不能叫她『tako（章魚）』喲。」

這根本是在慫恿大家叫我章魚嘛。那些笨小孩根本還不認識漢字和片假名，覺得很好玩，就開始叫我「章魚、章魚」。

章魚、章魚、章魚。就連班導師也叫我章魚。

只有安妮叫我夕子。

「夕子，早安，我們一起去上學。」

每天只要聽到安妮在門口叫我的聲音，我才有勇氣背起書包。

她從四年級開始叫我黛安娜，但在別人面前還是叫我夕子。

我儘可能每天都去學校，但即使到了高年級，根本不會搞錯漢字和片假名了，其他同學不僅沒有停止欺負我，反而變本加厲。

男生嚷嚷著找到章魚腳了，伸手摸我的胸部，有時候甚至一群人圍著我，扒光我的衣服亂摸，說要找另外兩隻章魚腳去了哪裡。

沒錯，就是你這種眼神，他們就是用這種眼神看我。

女生更陰險。她們會把我的運動服藏起來，或是把我關進體育器材室，還曾經把我推下樓梯。

那時候我真的很想一死了之，我曾經寫了遺書給安妮，決定要在明神廟的松樹上吊自殺。那時候好像剛上六年級，結果，安妮為我流了很多眼淚，緊緊抱著我說：

「黛安娜，我一定會想辦法，讓大家以後不再欺負妳。」

三天後的星期六下午，安妮來我家，把她每個月買的《精靈雜誌》帶給我看。上面刊登了很多關於占卜和咒術的內容，其中有一個「傾聽煩惱」專欄。

在這個專欄中，可以用咒術解決各種煩惱。

「班上的同學都罵我醜八怪，怎樣才能讓他們願意和我交朋友呢？」

這個問題的下方畫了紅線。雜誌上的答案是這樣寫的——

班上的同學欺負你，是因為他們中了黑玫瑰魔女的魔咒，必須用白玫瑰魔咒才能解開魔咒。

用白紙做成十五公分大小的人形，班上有幾個人就做幾張，在頭的部分寫上每一個人的名字。

在每個人形的左胸前畫一個心形符號塗黑，那裡是中了魔女魔咒的地方。

一邊唸著「叭嚕叭啦，叭嚕叭啦，黑心退散！」一邊用銀色的針刺向心形符號。如果哪一個同學中了很強的魔女魔咒，多用幾根針，就可以增加效果。

把針刺在人形紙上，拿去神聖的地方燒掉，絕對不能讓別人看到，也不能讓別人知道你使用了魔法。

完成之後，之前欺負你的同學就可以找回像白玫瑰般純真的心，和你交朋友。

赤星，你不要笑。

安妮向我提議時，我心裡也有點發毛。安妮的功課很好，我還以為她會想出更實際的解決方法。但是，安妮並沒有開玩笑，而是認真思考後，想到了這種方法。

看到她從家裡撕了當月的月曆來我家，認真做人形紙的樣子，就覺得這樣足夠了。

我也去爺爺房間撕了月曆，因為連同班導師的份在內，總共要做三十五個。

我們在人形紙上寫了名字，畫了黑色的心，把從奶奶的針線盒裡偷來的待針刺在人形紙上；小茜的人形紙上刺了五根針。當時就是在這個房間做的，但我們不知道哪裡是可以燒人形紙的神聖地方。說到神聖，都會想到基督教，只不過這一帶沒有教堂，最後，安妮突然想到了好主意。

「我們的神明當然就是明神啊。」

小時候我們抬過神轎，去廟裡時，也曾經拿到點心。

我也同意了，然後我們把人形紙放進袋子，兩個人一起去了明神廟，幸好路上沒有遇到任何人。如果在廟前焚燒，冒出的煙遠處也會看到，所以我們繞到別人看不見的後方，發現那裡有一個焚化爐。我覺得剛好，但安妮懷疑焚化爐無法稱為神聖的地方。

所以，我們就採取了折衷方案，在燒的時候把焚化爐的門打開，這樣也可以確認人形紙有沒有燒起來。焚化爐裡有垃圾，我們丟了落葉和樹枝進去，蓋住那些垃圾後，把人形紙按照在教室的座位順序排好。這是安妮想出來的主意。

她用從家裡帶來的火柴點火之後，人形紙燒了起來。看到紅色的火焰，覺得那些針對自己的惡意真的被燒光了，所以忍不住想，燒吧，燒吧，統統燒光吧。原本我們打算等燒光後再走，但安妮四點要去上珠算班，所以我就和她一起離開了。

我們完全沒有發現回家的路上曾經遇到八塚大嬸。

我在安妮家門口向她道別，但不一會兒，就有消防車駛向我們走回來的路。

你應該從八塚大嬸的口中得知了居民勇敢的滅火行動吧？

我和安妮都被大人罵得狗血淋頭，幾乎以為他們會殺了我們。安妮的媽媽和我媽都故意在別人的面前把我們痛打一頓。我們雖然承認點了火，但隻字未提原因，完全沒想到竟然還有人形紙沒燒掉。

魔咒完全泡湯了，班上同學的心仍然是黑的。

但是，這種事根本不重要，我失去了更重要的東西。

雖然我們只是玩火，但竟然燒毀了永澤地區守護神明的廟宇，我們的父母當然滿腦子思考如何推卸責任。我媽說是安妮慫恿我，安妮的媽說是我找安妮玩火，最後雙方家長沒有徵求我們小孩子的意見，就決定以後不讓我們一起玩了。

直到安妮考上大學離家時，我才知道這件事。

我一直以為安妮討厭我，從此不再理我了。因為在火災那天晚上，我媽對我說：

「美姬說，以後不再和妳一起玩了。上學的時候也不再約妳，妳以後要自己去上學。」

我很受打擊，一時說不出話。我很怕踏進沒有任何朋友的學校，當我爸媽拉著我去上學時，我發自內心地感到害怕，結果把早餐都吐了出來。這種情況幾乎每天上演，他們很快就不再逼我去上學了。

我媽到處宣揚，我是因為安妮的關係無法再去學校上課，我的耳朵聽不到任何人說話的聲音，但每天早上都會出現幻聽。

「夕子，早安，我們一起去上學。」

我立刻下樓衝去玄關，卻不見安妮的身影。我整天抽抽答答，眼淚早就哭乾了。我很想安妮，決定去看書架上安妮以前很喜歡的書。就是《清秀佳人》，看了之後，乾掉的眼淚再度流了出來。

原來黛安娜是安妮獨一無二的好朋友，但是，我不是黛安娜，而是吉爾……

——遊戲結束了。回首往事就到此結束。我早就猜到你技術很差。

前一刻還得意忘形地猛闖猛衝，一旦形勢對自己不利，就立刻撤退。曼瑪羅上的RED_STAR 就是你吧？

我看到「時雨谷粉領族命案」的新聞時，就有一種不祥的預感。這根本和我們當年的咒術一模一樣，所以，我就上網看了很多網站。

雖然那些網站上的內容都是垃圾，但你寫的內容最糟糕。

完全都是一些無聊的喃喃自語，《太陽週刊》上的那篇報導又是怎麼回事？

安妮長得太醜，被人搶走男朋友，所以懷恨在心，殺了她的美女同事？

因為你是 RED_STAR，所以我才這麼親切地告訴你這些往事。爺爺拿名片給我看時，心想你還真的上門了，所以做好了備戰的準備。聽我說完之後，你應該知道安妮並不像你寫得那麼糟糕吧？怎麼可以相信那些蠢蛋說的話？那些人根本就是以貶低他人為樂。

我才不相信安妮會殺人，但如果她真的不幸殺了人，動機也絕對不是她本身的問題，你要去仔細調查死者。雖然死者被稱為白雪公主，但既然被人用那種方式殺害，她的心一定是黑的，一定有人受到死者殘酷的對待，心地善良的安妮才在不得已的情況下提供協助。

你不是認識「白雪」洗面皂公司的人嗎？是那個叫 SAKO 的嗎？居然公佈安妮的真實姓名，你再去向那傢伙問清楚。

然後把查到的事寫在下一期週刊上。

如果你再亂寫……啊，如果這麼說，就是在恐嚇吧？反正要對你不利，簡直易如反掌，因為你鼠目寸光，只看到眼前五公分的地方。

我在曼瑪羅上的暱稱？你猜猜看。

黛安娜？只有安妮這麼叫我。

正確答案是 HA……算了，不告訴你。

松田菜蕗（Matsuda Fuki）

謝謝你特地來這裡。聽說有東京的記者來調查城野家的事，我有話要說，所以叫我媳婦打電話給你。

不，我不太瞭解美姬，只知道她是分家出去的三男的長女。聽到她殺了人，我忍不住覺得，啊，她果然下了手。她家有這種血統。

我和嫁去城野本家的千歲同年，在大家都還沒出嫁時就是好朋友。永澤地區還有另一個叫澤子的和我們同年紀，大家都叫我們永澤三姑娘。

我和澤子很活潑，就像是脫韁的野馬，讓父母很傷腦筋，但千歲很乖巧文靜，很擅長廚藝和裁縫。我和澤子經常說，千歲以後一定可以嫁給好人家，過得很幸福。

結果完全被我們說中了，三個人中，千歲嫁得最好。

城野一郎比我們大五歲，長得像男明星一樣帥，我很驚訝他居然會看上大餅臉的千歲。不過澤子說，夫妻就是這樣，一個漂亮一個醜才匹配，我覺得也有道理，所以很祝福他們。

但是，結婚不到三年，就聽說一郎在外面有女人。這裡是個小地方，大家很快就知道那個女人是誰。

他的外遇對象竟然是澤子。

澤子嘴上說他們很匹配，卻假裝去找千歲，慢慢接近一郎，最後終於得手了。澤子很漂亮，被稱為永澤町花。

我很擔心千歲，但買菜遇到她時，不經意地問她最近還好嗎？她總是笑著說，不必擔心，所以我就放心了。不久之後，那個說曾經看到一郎和澤子在約會的人遠走他鄉，這個傳聞也漸漸平息了。

過了一陣子，澤子死了。

聽澤子的父母說，她死於肺炎，但我覺得是千歲殺了她。澤子的母親說，澤子生病後，千歲經常去看她，每次都用漆器便當盒帶了很多菜去看她。澤子平時沒什麼食慾，但是覺得千歲做的菜很好吃，所以都會吃一點。

不過，我懷疑澤子吃了千歲的菜才會送命。

否則既然有吃飯，身體應該漸漸恢復，但澤子愈來愈瘦，最後死了。一定是千歲在菜裡放了毒。

最好的證明，就是千歲在葬禮上沒有哭。葬禮結束後的回家路上，她說路上的野狗長得很滑稽，獨自笑了起來。我完全看不出來哪裡滑稽，一定是她的藉口。

千歲雖然什麼都沒說，但她心裡住了魔鬼。

這件事我一直放在心裡好幾十年了。雖然我不想說死人的壞話，但既然她的曾孫女也做了同樣的事，我覺得有必要告訴能夠明辨是非的人。

我媳婦可能會說我老糊塗，所以會胡言亂語，但我腦子很清楚。你一定要寫喔。

城野皐月（Shirono Satsuki）

城野光三郎（Shirono Kouzaburo）

想佔用我們一點時間？

就是你在附近到處散佈我女兒是殺人兇手吧？什麼？你只向八個人瞭解情況？真受不了你，居然這麼天真。你知道什麼叫老鼠會嗎？對你來說，或許只是區區八個人，但這八個人會一傳十，十傳百啊。不，八個人的事根本不重要。

你剛才是不是去了松田家？那個活動大喇叭，現在一定逢人就說美姬是殺人兇手，你要怎麼收拾殘局？

散佈的人必須負起責任，和你無關？是啊是啊，你說的對，媒體人就是用這種方式陷害無辜。所以你在週刊上亂寫一通也不用負責嗎？雖然不知道是誰幹的，但是不知道哪位好心的鄰居把《太陽週刊》塞進我家的信箱，而且還特地貼了便箋。

你沒有亂寫？只是根據採訪內容總結而已？難道美姬公司的人說了這麼過分的話嗎？是誰說的？我要告他妨害名譽。

記者不能透露採訪來源？為什麼？你有義務保護消息來源？那即使對方胡說八道，也無法追究任何責任嗎？難怪大家都信口雌黃，亂說一通，心情一定很暢快吧。

結果，你們這些記者沒有確認這些內容的真實性，就用報導的方式寫出來，在全國發行，藉此大撈一票，這樣賺錢可真輕鬆啊。既然你把責任推得一乾二淨，那我就直接去「日出化妝品」，問他們到底誰接受了採訪，然後拿出《太陽週刊》，一字一句地問他們，是不是真的說了這些鬼話。

時雨谷的山豬！真搞不懂成年人會用怎樣的表情說這種話。

因為版面的關係，所以會適度進行編輯和修改？這就是捏造吧？你怎麼不說話？如果以為無法透露採訪對象、會適度進行修改這種方式行得通，我也可以寫報導啊。

我明天就去「日出化妝品」確認，然後要向社會大眾公佈週刊雜誌的報導都在隨便亂寫。

最好不要這麼做？為什麼？

週刊上並沒有提到我女兒的名字？一旦我去公司，反而會讓全公司上下知道「S小姐」就是美姬……你還真敢說啊。

那你現在為什麼會來我家？「S小姐」不是美姬，不是嗎？你根本沒必要來這裡啊。

你也沒說不是美姬？

你想用這種找語病的方式逃避責任嗎？

我告訴你，自從《太陽週刊》出刊後，網路上就出現了「城野美姬」的名字，簡直就是你在誘導，這件事你要怎麼負責？

這也和你無關？即使在網路上匿名留言，一旦牽涉到犯罪，警方就會查出留言者吧？你有百分之百的把握說，那個人不是你嗎？

原來你敢斷言。你很清楚這些遊戲規則，所以自己躲在安全的地方，誘導那些好奇心旺盛的笨蛋。如果留言提到美姬名字的人說，他是看了《太陽週刊》後，猜想應該是美姬，你又要怎麼回答？

這也是留言的人要自行負責？你真的把責任推得一乾二淨。既然這樣，那我就去報警，然後你和我一起去警局。如果警方也認為你完全沒有錯，那我也認了。

要告就去告出版社？雖然是你寫的報導，但是《太陽週刊》的總編同意你刊登那篇報導，所以必須由出版社負責？既然這樣，那你把總編的名字告訴我。

不是個人的責任，而是公司的責任，會由公司的律師出面解決？那你還留在這裡幹什麼？

美姬在哪裡？事到如今，你還有膽子問這個問題？即使我知道，也絕對不會告訴你。

你給我滾出去。滾出去、滾出去，我叫你滾出去——

皐月！皐月，先把掃把放下！

如果得罪了記者，他不是又會把美姬亂寫一通嗎？我猜想是有心人想要陷害美姬是殺人兇手，並不是記者。至今為止採訪的那些人說了不利於美姬的內容，他才會寫出那樣的報導。我可以猜到妳在超市時，別人對妳說了些什麼，但沒必要遷怒在記者身上。只要我跟他好好說，他一定會寫一篇像樣的報導，澄清民眾的誤會。

我沒說錯吧？

你看，記者先生也點頭了，妳先別急嘛。

不好意思，內人太失禮了。我家很小，你進來坐。

只有粗茶招待，請你趁熱喝吧。

有一件事我想要問清楚，現階段還沒有確定美姬就是這起命案的兇嫌，只是懷疑有這個可能性吧？

報導中也完全沒有相關的字眼？沒錯，但是網路上和這一帶的傳聞，都已經把美姬當成了殺人兇手。到底為什麼會變成這樣？

這些話由我這個當父親的來說，或許聽起來像自誇，但美姬是個乖巧文靜、心地善良的孩子，青春期也沒有所謂的叛逆，反而是我們父母希望她更有自己的主張。

報導中寫了一大堆，什麼美姬因為被別人和同期的美女同事比較，所以心懷不滿，同時上司對她有差別待遇；靠著親手做出的好吃便當，好不容易追到的男朋友也被美女同事搶走，之後公司內又發生了失竊事件之類的事。

身為父親，我很難承認所有的內容都是事實，但所謂無風不起浪，這些內容應該並非全都是謊言。假設，我只是說假設，假設這些都是事實，也無法成為殺人動機。

雖然世上有人為了區區數千圓就可以殺人，古往今來，也有人因為感情糾紛動手殺人。這個世界上還有父母殺兒女，或是兒女弒親之類的荒唐事，所以殺人動機也千奇百怪。之前甚至有殺人兇手說，因為天氣太熱，所以動手殺人。

所以，我無法否認這個世界上或許有人因為被迫和美女比較，就去殺了人。

而且，當這些人做了犯罪行為，成為嫌犯公諸於世後，通常都會覺得「果然不出所料」。當旁人接受記者的採訪時，或許會表現出驚訝的態度，對著麥克風說：「沒想到那個人……」這是因為不想沾惹麻煩事，但其實內心一點都不驚訝。

即使是父母也一樣。

雖然嘴上會說：「完全沒想到那孩子會做這種事。」但內心往往回想起過去曾經出現過的徵兆，覺得不樂見的情況終於發生了。

但是，我們真的完全不相信我女兒會做這種事，所以至今仍然無法接受。她謊稱

「母親病危」後躲了起來是事實，公司也曾經打電話來確認，也曾經聽警方說了相關的情況。

即使這樣，也無法認為我女兒殺了人。我這麼說並不是在袒護女兒，或是自我辯解。美姬的人生中從來不曾出現過任何可以和犯罪行為連結的徵兆，正因為這樣，所以我才願意接受你的採訪。

……明神廟的火災嗎？

原來大家把這種事都告訴你了。這些人居然把小孩子調皮的事都說給你這種不懷好意的人聽。

那次的確發生了火災，但可不是美姬縱火。小時候誰沒玩過火，只是很不幸地燒了起來，這種事有什麼好宣揚的？

我猜八成是八塚太太說什麼她們在進行什麼詛咒儀式，這裡又不是以前那種人煙稀少的山村，那個人向來喜歡誇大其詞，吸引別人的注意，喜歡把小事誇大五百倍拿來說嘴。她有沒有對你說，她的女兒在當空服員？新幹線上的「新幹線小姐」什麼時候也叫空服員了？

松田家的老太太該不會也對你亂說了一通吧？怎麼不敢看我了？你打算把癡呆症老人的話也寫進報導？這簡直比捏造更糟糕。

如果因為美姬曾經引發那起火災，就認定她會殺人，等於在說全世界的人都是未來的罪犯。況且，那次是谷村家的女兒找她去，她才勉強答應的。你也去見過谷村家的女兒了吧？一看就知道她腦筋有問題吧？

啊，我終於知道你是怎麼寫報導了。你故意跳過正常的證詞，專門蒐集那些不正常的人說的話，然後再加工一下，讓那些不動腦筋的人信以為真。

老公，你和這種人說再多也沒用，他根本不可能把我們的話好好寫出來，趕快請他離開吧。

什麼？你最後想問一個問題？請說，反正我們已經沒什麼好說的。

……「白雪」酒家的那個女人目前在哪裡⁉

好熱。皐月，妳不要激動。

赤星先生，這、這和這次的命案有什麼關係？我和她早就分手了，現在已經洗心革面，沒有做任何虧心事。

她和這起命案的被害人長得像不像？被你這麼一問……不，一點都不像。雖然皮膚都很白，但她並不是很漂亮。你手上該不會有她的照片？

你別騙人了，根本長得一模一樣！

看電視時，我怎麼沒注意到這件事？美姬搞不好在女同事身上看到了那個狐狸精的影子。

但是，美姬進公司三年，每天和那位同事朝夕相處。如果在同事身上看到那個女人的影子，不是早就在公司做出類似犯案徵兆的事嗎？但是，其他同事的證詞中都沒有提到這件事。

我知道了！是洗面皂！

美姬剛進公司時就曾經寄洗面皂回來，一開始叫「羽衣」，我記得差不多一年多前才改成「白雪」這個名字。

啊，一定就是這樣。因為洗面皂改了名字，她想起了「白雪」酒家的女人，發現和同事很像，所以心裡慢慢累積了恨意。在這種情況下，又遭到不合理的對待，即使是那孩子也……

一定就是這樣，我光是想像一下，就無法克制自己。

美姬雖然沒有說出口，但她一定從小就為父親的外遇感到痛心。什麼完全沒有任何徵兆？她一直克制著內心的痛苦，努力不讓大人發現。我們父母應該最關心女兒，卻讓她反過來為父母操心。

美姬真是太可憐了。
全都是你的錯！

是我的錯嗎？這是我的錯？原來是我的錯。
——對不起！
女兒殺人全都是我的錯，如果要責備，就責備我吧。
請你們、請你們、請你們……原諒我可憐的女兒。

【請參考第二三七頁的資料6】

第五章

當事人

城野美姬

傍晚的新聞證實，T縣警針對「時雨谷粉領族命案」的嫌犯已經申請了逮捕令，也公佈了嫌犯的照片。那天以來，我一直躲在這個老舊商務飯店的房間，這種日子也即將畫上句點。

關於這起命案，我透過每投一百圓，就可以看一個小時的電視、不時打開電源的手機，以及離飯店五分鐘路程的便利商店買的兩期《太陽週刊》，瞭解了大致的情況。嫌犯「S小姐」就是我，雜誌透過我的熟人的證詞，描繪出我這個人。

這些文字所描寫的，真的是城野美姬這個人嗎？

我愈來愈不瞭解自己，我無法在不瞭解自己的情況下離開這裡。

所以，我打算來寫一下自己。

也許經過這樣的整理，我可以稍微瞭解自己是怎樣一個人，未來的路要怎麼走。

我拿起了紙筆。

寫完之後再離開這裡也不遲——

＊

我的故鄉永澤地區充滿檸檬的香氣。

雖然是一個偏僻的鄉村，從地方都市過來還要搭一個小時的電車，但我從來不覺得那裡狹小、老舊或是令人喘不過氣，因為我從小只知道那個地方，所以覺得自己在普通的地方過著普通的生活。

爸爸、媽媽和我一家三口住在一棟老房子內，那是在我出生之前，就已經去世的祖父母建造的。媽媽精明能幹，爸爸和我做事慢吞吞，每天早上從起床到出門之間不到一個小時的時間內，她催促我們「動作快一點」的次數絕對不下五次。我每天七點半就出門，但總是在上課鈴聲響起時，才匆匆衝進校門。

因為我每天都找同住在永澤地區的同班同學夕子——黛安娜一起去上學。我明明等在她家門口，但她一直穿著睡衣，慢吞吞地吃早餐，好像故意在拖延去學校的時間，哪怕多拖一分鐘也好。

黛安娜的媽媽總是不停地大聲催她：「動作快一點，美姬在等妳啊！」所以我以為世界上的母親都很精明能幹，並不是只有我媽媽很兇而已。

黛安娜討厭上學，因為班上的同學都會欺負她。黛安娜名叫「夕子」，但班上的男生和女生都故意扭著身體叫她「章魚」。

同住在永澤地區的另一個同班同學八塚茜年紀小小，卻有強烈的嫉妒心，她一定聽到附近的阿姨在超市的停車場曬太陽時，閒聊說：「夕子是永澤地區最漂亮的女孩子。」所以就絞盡腦汁思考怎樣可以貶低黛安娜，最後想出了這個陰險的計謀。

其實小茜本身也長得很可愛，她的一張小學入學紀念照在附近的照相館櫥窗內掛了很久，一雙圓圓的大眼睛，滿臉機靈的笑容。如果她不是整天想著貶低別人、踩在別人身上，別人應該也會稱讚她。

這種個性和三木典子如出一轍。

至於小茜以外的同學，男生可能不知道該怎麼辦，女生則是為了掩飾內心深處的自卑感，所以跟著小茜一起欺負黛安娜。

我對自己和黛安娜是好朋友這件事感到驕傲，而且，我們都為自己的名字感到煩惱這件事，更加深了我們之間的友情。

Miki——雖然我名字的平假名很普通，但一旦寫成漢字，就變成了我的煩惱。

任何災難都必有原因。小茜是黛安娜的禍源，對我來說，小學三年級時的第二位班導師就是我災難的起點。

四月之前的班導師大谷老師是剛從大學畢業不久的年輕女老師，個性活潑開朗，充滿正義感，聽到其他同學叫黛安娜「章魚」時，總是斥責他們，有些同學仍然不聽話，老師就用比「章魚」更難聽的綽號叫他們。

她叫小茜「陰沉大臣」，把小茜媽媽氣得來勢洶洶地衝到學校。不知道她們之間談了什麼，翌日之後，小茜就開始叫黛安娜「夕子」，老師也重新叫她「小茜」，所以我相信老師的做法是正確的。

黛安娜也很高興，早上我去找她一起上學時，她已經背好書包等在門口了。但第一學期的結業式時，大谷老師向我們道別。因為她是代課老師，從第二學期開始，請產假的東山老師要回來任教。

東山老師是經驗豐富的老師，這個班級一定會更好。

大谷老師在臨別時明明這麼說，但第二學期開學的第一天就超糟糕。

東山老師打開學生名冊開始點名。原本覺得這位老師看起來親切溫柔，感到很安心，但聽到老師對著瘦巴巴的男生太一說：「啊喲啊喲，像H鉛筆畫出來的太一同學。」結果班上的同學哄堂大笑，我就有了不祥的預感。太一在高中畢業離開之前，都無法擺脫「變態」的綽號❷。

輪到我了。

「下一位是城野美姬同學。住在城堡裡的美麗公主是怎樣的同學呢……？」

❷譯註：日語中變態發音為「hentai」，所以用第一個字母H代表變態的意思。

東山老師看著座位表找到了我，然後和我四目相接。

「啊呀啊呀，這個、這個……」

她噗哧笑了一聲後，移開了視線，又叫了下一個同學的名字。以小茜為中心的幾個壞心眼女生發出的竊笑聲刺激著我的淚腺，但是，我愈哭，她們愈得意，所以我咬緊牙關克制著。

輪到黛安娜時，東山老師一開始並沒有說什麼，但小茜似乎對新來的東山老師很滿意，特地舉手說，請叫她章魚。雖然我猜想東山老師不會像大谷老師一樣斥責她，但期待至少會警告小茜，我真是太傻太天真了。

「章魚同學，以後就請多關照囉。」

聽到東山老師這麼說，黛安娜臉脹得通紅，低下了頭。

「啊喲，原來不光是名字，還有另外一層意思也符合。」

看到老師一臉得意的表情，我比自己的名字被嘲笑時更想哭。

這也是無可奈何的事。我在心裡嘀咕。

我是因為媽媽幫我取了「美姬」這個名字，才會遭遇這種事；黛安娜是因為爺爺在報戶口時弄錯了，才不得不承受這一切。

我們必須堅強地活下去。

這種想法並不會令我感到太痛苦，反而是一種無上的幸福。因為那時候我相信黛安娜是我最重要的人，我也是黛安娜最重要的人。

但我們在一起時並不會特別親密，天黑之前，不是在我家就是去她家，兩個人一起畫畫、看漫畫打發時間。

我們的回憶帶著檸檬水的味道。黛安娜的家裡務農，每次去她家玩，她媽媽都會做檸檬水給我們喝。黛安娜說檸檬水感覺很寒酸，所以不喜歡喝，但比起蘇打水和可樂這些名字聽起來很俗氣的飲料，我覺得檸檬水這個名字更有女人味，所以很喜歡。

沒錯，就像《清秀佳人》的世界！

黛安娜家裡有一整套世界兒童文學全集，雖然她不愛看書，但她爺爺為她買了一整套作為她升上小學的賀禮。雖然她爺爺是造成她在學校被欺負的元兇，但黛安娜和我都很喜歡她爺爺。

爺爺在農田幹活時穿的運動夾克口袋裡總是放著一盒水果糖，看到我們在玩的時候總是走過來，把糖果罐遞過來問：「要不要吃水果糖？」我喜歡吃紅色的草莓口味，黛安娜喜歡黃色的鳳梨口味。

黛安娜和她爺爺都說我可以把裝在盒子裡、看起來很高級的書借回家看，所以我就一本一本帶回家。

《長腿叔叔》、《小公主》、《湯姆歷險記》，我興奮地看完了每一本，但還是最喜歡《清秀佳人》。我覺得永澤地區和故事背景的鄉村很像，我和黛安娜一起為很多地方取了名字。檸檬小路、神睡山、咕咕叫路……

最後，我們決定互稱安妮和黛安娜。

我一定想像自己就是安妮，所以才會在這麼多文學作品中，最喜歡《清秀佳人》。安妮雖然外表不算漂亮，但想像力很豐富，我也很喜歡發揮想像。我一直相信，這個世界有神明、有精靈，遭遇真正的困難時，可以使用魔法。

我以為每個純真的女孩都這麼想，最好的證明，就是媽媽每個月幫我買的《精靈雜誌》上，刊登了很多全國各地的女生看到精靈或是魔法成功的案例。那並不是從網路上向小出版社訂閱的雜誌，而是在永澤地區唯一一家書店內，和少年漫畫、少女漫畫一起放在最醒目的位置，所以應該是很流行的雜誌。

聽到黛安娜說她想死時，我真的嚇了一大跳。

無論如何都要救她。我帶著向神明求助的心情翻開雜誌，查了相似的案例和解決方法。現在回想起來，當然覺得當時的行為很蠢，但是，還是小學生的我不顧一切地想要拯救好朋友。

但是，黛安娜……她竟然對記者說，當初只是勉為其難協助我。

週刊雜誌寫得好像我在學校被同學欺負，對同學心懷恨意。雖然因為東山老師的關係，班上的男生有時候叫我「醜姬」，但我都默默忍耐。

魔法的事只是我一個人的失控行為嗎？黛安娜只是希望我說些溫柔的話安慰她

嗎？還是她仍然在意引發火災的事，想把所有責任都推到我頭上？

有一件事很確定，我們的友情也被那場火災燒盡了。

永澤地區沒有人接受我。

小茜媽媽說，我詛咒的對象是爸爸的外遇對象。這很像她會說的話，如果我的想像沒錯，我倒是覺得她這個人表裡如一，反而覺得她很可愛。

我隱約記得爸爸當時和酒家女外遇，比起爸爸外遇本身，我更記得每天晚上睡覺時，媽媽哭著罵爸爸的事。但或許因為從來沒有聽媽媽說要離家出走，或是和爸爸離婚，所以並沒有覺得我家正面臨危機。

但是，可能我在告訴黛安娜時故意說得很嚴重。

因為身為好朋友，我希望她覺得我也有和她一樣的重大煩惱；她正承受著從惡作劇發展為霸凌的壓力，我想讓黛安娜感到安心。

而且，我從來沒有見過那個酒家女，但我爸媽竟然說，我是因為三木典子和那個女人長得很像，才會殺了她，簡直太離譜了。痛恨酒家女的並不是我，而是我媽。我爸外遇差不多是十五年前的事，而且只和那個女人交往了半年左右，我媽至今仍然沒有原諒他。

她竟然把這份仇恨加諸在我頭上然後告訴不相干的人，到底有什麼目的？

難道是看到我爸下跪感到很痛快嗎？看到我爸終於承認了自己的罪過感到心滿意

足嗎？但是我爸是為我這個女兒殺人道歉。

身為父母，即使女兒在他們的面前殺人，不是也要袒護女兒，堅稱女兒沒有殺人嗎？

也許我在案發之後沒有回家是正確的決定，我猜想他們非但不會讓我躲在閣樓或是床底下，反而會立刻報警，但是，他們為什麼這麼輕易把我出賣給媒體？

我從來沒有給父母添過麻煩，也從來沒有抱怨他們為我取美姬這個名字，經常幫忙做家事，向本家的阿姨學會做菜後，也經常在家下廚，他們當時都很高興。

我的曾祖母真的殺過人嗎？雜誌上說的「當地元老」應該是松田家的奶奶，她經常拿一張椅子坐在家門口曬太陽，每次看到我，都笑得擠出滿臉的皺紋說，我很像千歲，但她心裡可能覺得我是殺人兇手家的孩子，對我感到很害怕。

永澤地區是我的故鄉，但對我而言，到底是什麼？

我再也不想回去那裡了。

我的初戀發生在中學的時候，那所中學的學區涵蓋附近三個町。

江藤慎吾和那些叫我「醜姬」的男生，或是用卑劣的眼神看著黛安娜、欺負她的笨男生所散發的氣質完全不同。他是足球高手，大家都說他以後可能會成為職業選手。應該是因為他懷抱偉大的夢想，所以才會與眾不同。

但是我很有自知之明，知道自己是哪種程度的女生，從來沒有奢望成為江藤的女朋友。曾經因為坐在他旁邊，他向我借作業去抄，就讓我樂得快要飛上天了。而且，他換座位後，仍然特地走到我座位旁向我借作業。

他都向我借作業。我很珍惜和他之間這種微不足道的關係。

有一天打掃時，我正在教室內掃地，突然有什麼東西從背後飛到我頭上。當我發現是抹布時，臉頰頓時發燙，好像快燒起來了。

「對不起！」

我怒不可遏，彷彿眼前都變得一片通紅。我顫抖著轉頭大叫：

「我不原諒你！」

江藤目瞪口呆地看著我的臉。平時我只要看到江藤，就會害羞地低下頭，但那時候竟然挺直身體，仰望著個子高大的江藤，而且再度毅然地對他說：

「太過分了，我不原諒你！」

然後情不自禁地放聲大哭起來。平時即使想哭，也會忍到家裡，衝進廁所後小聲啜泣，但那時候竟然可以坦然表達自己的感情。這種感覺似曾相識。是紅髮安妮！當吉伯特嘲笑安妮的頭髮顏色像胡蘿蔔時，她用薄石板用力砸向吉伯特；我這時候的感覺就像安妮一樣。

江藤滿臉歉意地向我道歉，但我不理他。安妮也不會輕易原諒吉伯特，但他們因為這件事彼此在意對方，在多次吵架、多次鬧翻後，最後終於建立了深厚的愛情。

運動選手江藤像吉伯特一樣誠懇，第二天早上也走到我座位旁對我說：「昨天對不起。」全班同學都看著我們。為了讓大家知道我們之間有特殊的關係，就像安妮和吉伯特一樣的關係，我再次對江藤說：

「我不原諒你。」

雖然我有點擔心江藤一怒之下會說：「算了，隨便妳。」沒想到他垂頭喪氣地走回自己的座位。看到他得不到我的原諒竟然這麼失望，我不禁感到心痛。

我暗自想，明天他再向我道歉的話，我就對他說：「沒關係啦。」我下定決心去了學校，但江藤走到我面前，向我說「對不起」時，我總是脫口對他說：「不原諒。」只要我不說「沒關係」，他就會每天對我說這句話，也許他整天都在思考如何才能得到我的原諒。

我在他心裡，他也在我心裡。但是，我發現自己每說一次「不原諒」，他就愈來愈沮喪。我在內心發誓，一個星期後就原諒他。足球比賽即將舉行，我不希望影響他的比賽。

「——好吧，那我原諒你，但你比賽要加油。」

晚上睡覺時，我躺在被子裡練習了好幾次，希望到時候可以順利說出口。當他聽到我這麼說，一定會露齒一笑地說：「包在我身上。」

「——我每天都借你抄作業，你就專心練球吧。」

每天借作業給他後，也許有一天可以順便把蜂蜜漬檸檬一起交給他。不知道他會不會請我去看他比賽，也許我該開始練習怎麼做好吃的便當。

但是，在我決定對他說「我原諒你」的那天早晨，江藤遲遲沒有走進教室。早上開班會時，班導師告訴大家，江藤在前一天放學回家時發生車禍，右腿受了重傷。

江藤現在一定深受打擊。想到他躺在醫院的病床上抱頭煩惱的身影，我不禁心如刀割。

對了，我可以去醫院探視他，順便烤一些足球形狀的餅乾。

「——妳來幹什麼？故意做足球形狀的餅乾，故意嘲笑我嗎？」

也許一開始他會滿臉不悅地這麼說，但是，我……安妮知道這些話並非出自他的真心，因為我和那些討好他的女生不一樣。

「——我有權利來這裡。因為我還沒有對你說，我要原諒你。算了，我已經原諒你了，你現在專心治療。」

「——謝謝……這個餅乾真好吃，真希望傷勢快點好起來。」

「——那我每天做餅乾給你送來，希望你可以早日回到球場。」

沉浸在這些幸福的幻想時，我應該情不自禁地露出了笑容。

我竟然把江藤受傷這件事變成幸福的幻想，即使別人責備我，覺得我很可怕，我也無話可說，但是，我從來沒有希望江藤發生車禍，更不可能去破壞他腳踏車的煞車，我甚至不知道他的腳踏車長什麼樣子，是什麼顏色。

詛咒的魔力——

原來上高中後，小茜偷偷瞄著我，對來自其他學校的同學竊竊私語時，就是在說這件事。

如果人生衰到底的時候會遇見某個人，到目前為止，小茜應該就是那個衰神。最好的證明，就是當我遠離小茜後，我的人生走向快樂。

我覺得我是最適合「普通」這兩個字的人。

我每年的身高和體重幾乎都完全符合平均值，如果排除長相和名字之間的落差，我長得並不算難看。我的在校成績比平均值稍高，但運動能力比較差。個性雖然沒有很開朗，但也並不陰沉。

我媽常說我「這孩子毫無趣味」。

但是，我很難找到和自己很相像的人。

中學和高中時，即使和感覺相似的同學一起吃便當，休息時間也一起玩，卻總覺得有哪裡不太對勁。

即使對方的興趣也是閱讀，但從來沒有遇過喜歡《清秀佳人》的同學；即使對方也喜歡聽音樂，當我說我喜歡古典音樂時，對方卻說她不喜歡。

為了多瞭解她們，我借了她們推薦的書和CD，但男男戀的小說很噁心，那些根本只是在亂吼亂叫的音樂只會讓我耳朵發痛，完全無法瞭解其中的樂趣。當我坦誠說出感想後，她們卻說我很奇怪，也讓我無法接受。

但是，我終於找到了和我擁有相同感性的人。

當我一踏進大學的學生輔導課介紹的老舊公寓「撫子莊」，立刻有一種懷念的感覺，應該不是共同玄關放了檸檬味的芳香劑的關係。

住在同一棟公寓的學姊都是心地溫暖的人，尤其和我一樣是新生的美野里和麻澄，在見面的瞬間，就覺得彼此心意相通，簡直就像是失散的三胞胎姊妹久別重逢。雖然她們並不喜歡《清秀佳人》和古典音樂，但不會說喜歡《清秀佳人》和古典音樂的我很奇怪。

「我就知道妳會喜歡這種類型」、「很像妳會喜歡的感覺」。她們聽了我推薦的CD後說：「我不太瞭解這類的音樂，但第幾首曲子很好聽。」那首曲子剛好是我最喜歡的。

她們叫我「小天」這個名字，聽起來也很動聽。

我們三個人明明分頭行動，卻在同一個地方買了沙丁魚回家，結果一邊聊天，一邊下廚做菜。把報紙鋪在暖桌上，三個人坐在桌旁，用刀背拍打著手指撐開的沙丁魚。

「如果以後交男朋友，我想做菜給他吃，但如果突然看到我這樣，他恐怕會嚇跑吧？」

美野里一臉認真地說，我和麻澄都大笑起來。

我們聊著各自心目中的理想情人，相互約定如果交了男朋友，千萬不要覺得對其他兩個人不好意思，一定要相互報告好消息。

沒想到美野里竟然把這些事都告訴了記者，她到底在想什麼啊？而且，並不是記者去採訪她，而是她主動寫信去出版社。

如果我可以斬釘截鐵地說，週刊上的內容幾乎都是捏造，不知道該有多好。但是，篠山股長喜歡別人舔他中趾和無名趾之間這件事，我只告訴了美野里。

我原本只告訴她和股長之間有了肉體關係，並不打算說得這麼詳細，但美野里一再問我，說她日後談戀愛時可以作為參考，我才一點一點透露給她。她竟然在信中寫一些我根本沒說過的激情內容，說股長有特殊性癖好。

她無法原諒我交了男朋友嗎？美野里雖然看起來很文靜，只要有她喜歡的男生出現，她就會立刻表白，但很快就會被拋棄。她每次都來我家，喝著熱可可說：「小天，只有妳能瞭解我的心情，不要告訴麻澄。」那時候我聽了還很高興。

「只有」我能瞭解她的心情？她是不是看不起我？她是不是覺得麻澄遲遲交不到男朋友是因為她的要求太高，但沒有男人緣的我不可能超越她？

我在打工時，即使發現有不錯的對象，仍然遲遲沒有踏出第一步，是因為在我腦袋深處，認定男生都很野蠻；但如果我鼓起勇氣，順利結交男朋友，搞不好我和美野里之間的友情早就結束了。

麻澄呢？雖然她沒有接受週刊的任何採訪，但在曼瑪羅上用我的全名蒐集情報的「GREEN_RIVER」絕對就是綠川麻澄。

仔細想一想，有常識的人根本不會去購買《太陽週刊》這種以刊登聳動報導為賣點，不時遭人控告妨礙名譽的週刊雜誌，即使有人基於好奇而看，也不會百分之百相信。即使知道週刊報導的內容就是在說我，不瞭解我的人也不可能覺得「這是在說城野美姬」。

當然，在網路上公佈我名字的另有其人，公佈姓氏和全名的意義完全不同，而且，留言的方式很卑鄙。表面上看起來像是在支持我，卻公佈我的全名，還公佈了我的個人資料，乾脆直接說我是殺人兇手還比較痛快……

一個月前有人問我，如果人生可以重來，我希望回到哪一個階段？我會毫不猶豫地回答：「大學時代。」那是我人生中最燦爛的四年。

但是，我現在根本不想回到那個時代。

老師曾經一再告訴我們，過去無法重來，已經發生的事無法消除。但是，果真如此嗎？

我愈來愈不瞭解自己的過去。

我曾經被人欺負嗎？我是很愛記仇、讓人噁心的女人嗎？我有詛咒的魔力嗎？中學和高中的同學都討厭我嗎？我從來沒有好朋友嗎？

記憶中的過去，和別人記憶中的過去，到底孰真孰假？

愈是不想遇到某個人，往往愈會遇到這個人。這是上天的考驗嗎？

參加「日出酒廠」面試的那天，我在團體面試時遇到了三木典子。對她的第一印象，就覺得她很漂亮，但覺得在酒廠工作，應該和長相無關，所以並沒有太在意她，只擔心自己是否能夠應付面試官的發問。

我在面試時的最大問題，就是雖然答案會立刻浮現在腦海，但想要說出口時，總是會在某個地方卡住。但在「日出酒廠」的面試時，面試官對我畢業論文的課題「對穀類食物的過敏」產生了興趣，不會一味催促我回答，反而是用引導的方式發問，所以我能夠鎮定自若地回答……是這個原因嗎？

現在回想起來，如果我不進這家公司，就不至於發生這次的悲劇了。

團體面試每三人一組進行，三木典子坐在中間。她在回答面試官的問題時，總是否定在她之前回答的人所說的內容。

在她前面的面試者強調自己很會喝酒，輪到她的時候，面試官沒有問她的酒量，她就巧妙地轉移了問題的焦點後回答，酒量好固然不錯，但她的信念是帶著對釀酒者的敬意，少量飲用，細細品嚐酒的味道。

當她在我之後回答時，面試官並沒有問她過敏的事，她又轉移了問題的焦點後說，她妹妹是過敏體質，所以在過敏的問題上不會紙上談兵，而是親身瞭解過敏的可怕，以及該注意的事項。

她並沒有表現出一副不惜一切把競爭對手踢開的態度，而是在漂亮的臉蛋上浮現優雅的笑容，所以不清楚那幾個面試官大叔是否瞭解她的卑鄙用心。

收到面試結果通知，發現我是被子公司的「日出化妝品」錄用。在公司舉辦的新人歡迎典禮上，三木典子和我坐在同一排，當年錄用的二十名女職員，以兩人一組的方式被分配到各個部門。宣佈分配部門的名單時，在「營業部第二課」這個負責郵購的部門名稱之後，先聽到了我自己的名字，之後是三木典子的名字。就這麼簡單而已。

「我們面試時也在一起，當時我就預感到和妳很有緣分，我們要當好朋友喲。」

當她面帶笑容對我說這句話時，我覺得自己太小心眼，也為自己交到了和以前不同類型的朋友感到高興，但不到一個星期，我就發現自己最初的直覺是正確的。在部門的歡迎會上，三木典子在大家面前這麼自我介紹。

「我是三木典子，雖然在名字上輸給了住在城堡裡的美麗公主城野美姬小姐，但我希望努力在工作上輸人不輸陣，請大家多關照。」

大家都偷瞄著我竊笑起來。難道是不吉利的掃把星又繞回來了嗎？我完全沒有想到會再度用相同的方式，體會小學生時曾經承受的屈辱。但是，我已經知道該怎麼應付了，遇到這種人，要正面迎戰。

而且，我有幸遇到一位好夥伴。

「城野，很高興妳是我的夥伴。聽到三木的自我介紹，就讓我想起以前很討厭的人，也許是我多管閒事，但我勸妳千萬不要讓她知道妳最珍惜什麼。」

聽到前輩間山姊這麼說，我知道每個人的人生中都有各自討厭的人，並非只有我而已，為此鬆了一口氣。

有些人喜歡炫耀、展示自己珍惜的東西，想要博取共鳴，但我從自己的人生經驗中瞭解到，我固然平凡普通，但興趣愛好屬於少數派，所以對我來說，把自己珍惜的事物深藏在內心輕而易舉。

但是，可以清楚看到的嗜好無法隱瞞。

間山姊都去一家專賣法國品牌的服飾店買衣服。雖然上班時都穿制服，但我發現偶爾在下班後相約一起去吃飯時，她每次穿的衣服都很時尚，也很有品味。當我提及這件事時，她告訴我，即使是上下班數十分鐘穿的衣服也絕對不隨便。這是她的原則。

她興奮地告訴我，她會把自己每天搭配的衣服拍照後上傳到部落格，網友會稱讚她很擅長搭配和配件的運用，每次看到這些留言，她就覺得很高興。

不久之後，三木典子也開始穿同樣的衣服。

因為這個城市並不大，所以照理說可能只是剛好都去同一家店買衣服，但是，我認為並非偶然。最好的證明，就是她在和間山姊相同搭配的基礎上再加一點自己的特色。間山姊穿在身上時覺得很好看的衣服，在三木典子也穿了之後，就覺得其實間山姊似乎不那麼適合。

就像我的名字一樣。

間山姊不再穿那家店的衣服，也不再更新部落格，每天把在量販店買的衣服隨便套在身上就來上班。我從來沒有問過間山姊，是因為三木的關係嗎？即使我問了，她也不可能點頭肯定。不知道她是不是以為我告訴了三木典子部落格的事，那次之後，她不再和我聊私事。

其他女職員也都對三木典子心存戒心，進而對同時進了相同部門的我也產生了警戒。

我反而喜歡這種距離。我在公司時可以認真工作，回家後可以投入自己的興趣。雖然曾經和三木典子一起去吃午餐，卻不小心太沉醉在餐廳內背景音樂的小提琴旋律中，引起了她的注意。所以我儘可能避免和她單獨在公司外相處，每天都自己帶便當。

我應該一開始就這麼做。這樣既省下了午餐錢，也有益健康。愈投入，愈發現便當的世界很深奧。書店有很多關於便當的書籍，我第一次知道，原來還有卡通造型便當。

那本書的作者是一名家庭主婦，她在後記中提到，她每天為讀幼稚園的孩子做卡通造型便當，並把照片上傳到部落格，引起了廣泛討論，結果就出了書。

出版便當書——市面上已經有粉領族用的便當書了，女性雜誌上也經常有「美容便當」、「可愛便當」等不同主題的便當專輯。即使我用心製作便當，架設部落格，應該也不可能引起網友的興趣。但是，沒有人瀏覽搞不好更好玩。

我基於這種理由開始的興趣並沒有被三木典子奪走，況且她在剛進公司時，對我這個人根本沒什麼興趣。

小茜之所以一直找我麻煩，應該是因為永澤地區只有巴掌大，我算是劣中取優，比她的功課好，她對此感到不滿，才會用這種方式發洩。只不過我們公司沒有個人業績壓力，除了外表以外，我和三木典子根本沒什麼好比的。至於外表，在比賽之前，勝負就已經決定了，所以她根本不會把我視為競爭對手。

週刊雜誌上說，課長讓長相平凡的我泡茶，讓漂亮的三木典子端茶給客人，導致我對她心生恨意，但我根本沒有恨她，反而心存感激。

三木典子泡茶時只會把熱水沖進大量茶葉，如果讓笨嘴拙舌的我把這種似茶非茶的東西端給客人，對公司有什麼好處？如果是挑剔的客人，一定會把我們兩個人都臭罵一頓。這叫做適材適用，充分發揮彼此的長處，我認為這樣很好。而且，三木典子聽到別人受稱讚，一定會設法陷害那個人，所以，我甚至可以說，其實是課長保護了懂得如何泡好茶的我。

所以，我才能避免三木典子知道我最珍惜的東西。

我的失策導致三木典子開始對我產生興趣。雖然我從來沒有和她競爭，也從來沒有受到稱讚，但我說了不該說的話。

在同期進入公司的同事聚餐續攤去ＫＴＶ時，三木典子坐在椅子上，靠在牆上睡著了。面試時，她繞著圈子說自己酒量不好似乎是實話，好幾次感到疲累時，只要喝一杯啤酒就睡著了。

小澤看著三木典子熟睡的臉說：

「她真的很漂亮，可能是我這輩子見過最漂亮的女人。」

其他男同事都紛紛點頭，除了我以外的其他女同事雖然不太高興，但都勉為其難地表示同意。

「咦？城野，妳覺得呢？」

明明不必在意我的反應，小澤卻特地向我確認；我明明可以隨口敷衍表示同意，卻因為看到三木典子在睡覺而放了心，竟然說出了真心話。

「不，我覺得最漂亮的是我從小的玩伴夕子。」

我還向他們說明了夕子——黛安娜是怎樣一個人。

她一頭黑色長髮，皮膚白皙柔嫩，兩片嘴唇宛如紅色玫瑰，簡直就像從童話《白雪公主》裡走出來的。因為某些原因，整天都躲在家裡不出門，但偶爾遇見她時，即使只是穿著橡皮筋已經鬆掉的運動服，仍然明艷動人……

三木典子根本無法和她相比。

我認為當時三木典子雖然閉著眼睛，但其實醒著，聽到了我說的話，自尊心受到傷害，才會為了報復開始觀察我。我剛好在那個時候談戀愛，三木典子一定樂得忍不住大笑。

城野，妳討厭男人嗎？間山姊似乎問過我這個問題。

我不記得自己曾經表現出這樣的態度，但可能是我並沒有因為想交男朋友而向周圍每個男人表白，更不會不必要地討好男人，或是向男人撒嬌，努力讓自己有男人緣，所以讓她產生這樣的印象。

雖然曾經覺得有些男人不錯，但江藤是我唯一真心喜歡的人，然後我發現從右後方的角度看同部門的篠山股長時，他的背影很像江藤。

不知道江藤有沒有進入J聯盟踢足球。我對運動沒有興趣，為了瞭解江藤的近況，定期購買足球雜誌，卻從來沒有看到江藤的名字。不知道他目前在做什麼，不知道腿傷有沒有留下後遺症。

也許我在想這些事的時候，不時用目光追隨篠山股長的身影，但是，日出化妝品公司內的職員，包括客服，壓倒性多數都是女職員，而篠山股長又很受女同事的歡迎，他根本不可能喜歡我，所以我一開始就沒有任何期待。

況且，那時候忙得不可開交，根本無暇回憶江藤的往事，或是憧憬新戀情。公司把洗面皂的名字從原本的「羽衣」改為「白雪」，拍攝新廣告播出後瞬間爆紅，負責郵購業務的本部門不分晝夜地忙成一團。

我每天開車上下班，所以不必在意末班車的時間，幾乎每天晚上都加班到深夜兩、三點；單身的篠山股長住在公司附近，也經常留下來加班。但因為實在太忙了，即使只剩下我們兩個人，也都只顧著低頭處理自己的工作，經常除了離開公司道晚安以外，根本沒有說一句話，所以完全沒有戀愛的預感。

有一天晚上，只有我們兩個人加班，坐在電腦前的篠山股長起身準備拿資料時，走路不穩，昏倒在地上。我從來沒有親眼看過別人昏倒，慌忙衝了過去，篠山股長的黑眼圈已經變成了土色，費力地擠出笑容對我說：「可能營養不良吧。」我不加思索地說：

「我明天做便當給你。」

自從對江藤生氣以來，這是我第一次毫無抵抗地順利說出腦海中的想法。

「不好意思，那就拜託妳了。」

這句話太悅耳動聽，我忍不住懷疑的耳朵，以為自己太累了，剛才聽到的話其實是自己腦袋裡的想法。但是，當我隔天把便當交給篠山股長時，他向我道謝後收下了便當。果然是真的。內心的感動油然而生，腦海中響起了戀愛的音樂。

晚上只剩下我們兩個人加班時，我對他說，明天也會為他做便當。篠山股長問我，可不可以放在冰箱第二層？於是，我開始每天為他做便當。

每天為心愛的人做便當，這是至上的幸福。

吃完的便當盒旁有時候會放泡芙之類的甜點，我每次都帶回家，泡杯紅茶一起吃，頓時覺得一天的疲勞一掃而光。

洗面皂的銷量持續攀升，每天都忙碌不已。新年度有新的同事進公司後，我有了後輩的夥伴，雖然必須指導新同事工作，但我的腦袋有一大半被便當要做什麼菜佔據了。

不久之後，我開始惦記股長假日吃什麼，於是就做了菜送去他的公寓。我早就查好了他家的地址，也確認了他家有信箱，萬一他不在家，可以把裝了菜的保鮮盒放在信箱裡。

我絕對沒有奢望和他一起吃，但在我送了幾次之後，有一天他剛好在家，他說不好意思一味吃我做的菜，今天他請客，於是帶我去吃了很好吃的拉麵。

這是我有生以來第一次約會，我可以清楚地回憶我們當時聊了什麼。

篠山股長，你喜歡吃什麼？味噌豬肉湯？這沒辦法帶便當。可以去你家做嗎？怎麼好意思去你家打擾。什麼？今天？……舔腳趾和腳趾之間嗎？中趾和無名趾之間再舔一次嗎？感覺硬硬的，你以前從事什麼運動嗎？足球？我就知道，原來你是用這雙腳踢足球。

這雙腳、這個人是我的……

從初春開始的戀愛不到半年就結束了。篠山股長說，不要再做便當給他了，因為他女朋友不喜歡。

他一說「女朋友」三個字，我就知道是三木典子。

終於被她發現了。不，也許她早就發現了，只是在等待我走上幸福階梯的頂端。因為當我還沒有站得很高時，即使她把我推下去，也不會造成太大的傷害。

「——為什麼？你不是選擇了我嗎？」

我在腦海中對著篠山股長大喊，但我發不出聲音，所有的話語都沉入腹底。接二連三浮現憎恨他的話語、憎恨三木典子的話語都沉入腹底，腹部愈來愈大，幾乎看不到自己的雙腳，好像隨時都會爆炸。

如果是當時，我或許會把三木典子帶去雜木林，用刀子在她身上亂刺一通；或許會在她身上淋上柴油，燒了她的屍體，但是，我還有珍惜的對象，那是在愛上篠山股長之前就一直很喜歡的對象。

芹澤兄弟——音樂之神演奏的奇蹟小提琴琴聲，溫柔地淨化了我泥濘污濁的心。

三木典子並沒有奪走一切，我還有他們。

我在大學即將畢業時認識了芹澤兄弟。那天我想去聽一場古典音樂會，犒賞自己已經為畢業後安排好出路，走去車站前的售票中心，發現玻璃牆上貼了一張不曾見過的兩人團體的海報。

黛安娜……芹澤兄弟的弟弟雅也那雙大眼睛讓我想起了黛安娜，我目不轉睛地看著雅也的臉，最後買了芹澤兄弟演奏會的門票。這場在小型會場內只舉辦一場的演奏會，門票也只要三千圓，卻徹底奪走了我的心。

療癒的音樂聲宛如一雙溫柔的手，撫摸著在我渾身留下刺痛的記憶，讓刺痛的傷口癒合；宛如春天灑滿溫暖陽光的庭院，宛如夏日吹來涼爽海風的海邊，宛如空氣清澈、天色蔚藍的秋日天空，宛如帶著溫暖的溫度包覆身體的冬日暖被，那是令人想要永遠沉醉其中的世界。

這個世界上應該沒有人不愛他們所編織的音樂，最好的證明，就是從去年開始，他們突然竄紅，就連粉絲俱樂部的會員也很難買到演奏會的門票。但是，即使他們成為大家的音樂之神之後，仍然是我心目中的神。

但是，三木典子也想要把芹澤兄弟從我身邊奪走。

和我們同期進公司的小澤結婚時，我挑選了芹澤兄弟設計的對杯做為他結婚的賀禮，這成為了我的敗筆。三木典子看到我被篠山股長甩了之後，仍然若無其事地過日子一定感到很不爽，所以猜想我一定有更珍惜的對象。

三木典子在年底之前就和篠山股長分手了，新年之後，粉絲俱樂部的人都紛紛傳言，雅也正在和新加入的會員「三木典子」交往。

我戰戰兢兢地問三木典子這件事，她立刻承認了。

我無法相信。因為只有音樂的女神才有資格成為他們的女朋友，但是，當三木典子在我面前秀出很不容易買到的初場門票和稀有商品時，我終於不得不認輸。

三木典子並不是音樂女神，她只是普通人，不，是齷齪的人，和這種人交往的音樂之神所演奏的音樂，已經無法淨化我累積了無數黑色東西的心。

如果我那時候放棄芹澤兄弟，就不會發生這次的悲劇了，但是，我無法討厭和黛安娜有著相同眼睛的雅也。

然後，終於到了那一天。

三月三日茶水室所發生的事成為這起悲劇的起點。

「城野，妳之前不是說，想去聽芹澤兄弟的初場演奏會嗎？雅也給了我後天初場的門票，但我好像感冒了，沒辦法去東京，妳要不要代替我去？是最前排的座位喔。」

我正在泡茶時，三木典子對我說。

「真的嗎？」

我至少應該稍微懷疑其中是否有詐，但脫口而出的竟然是歡喜的聲音。粉絲俱樂部的人都在傳言，雅也將在這次的演奏會上獨自演奏新曲，我無論如何都想去聽，卻苦於買不到門票。

竟然可以在第一場演奏會上聽雅也演奏的新樂曲，竟然可以近距離注視那雙眼睛。

「拜託妳！」

我合起雙手，低頭拜託她。

「那我明天帶給妳。」

三木典子得意地說，我在下班後立刻去了車站售票櫃檯。

明天只要準時下班，就可以搭末班車前往東京，但明天是間山姊的歡送會，我曾經是她的夥伴，一定要去參加。

芹澤兄弟都在充滿大自然氣息的時間開演奏會，想要準時參加上午九點開始的演奏會，如果來不及搭特急末班車，就必須搭深夜巴士前往，但往東京的深夜巴士車票早就賣完了，所以，只能搭末班車時間較晚的往大阪方向的特急電車，從大阪搭深夜巴士前往東京。於是，我買了這條路線的特急電車票和高速巴士的車票。

一旦歡送會無法在預定時間結束，可能來不及回家，我決定把裝了一天換洗衣服的行李袋放在車上。車子停在車站的停車場要花錢，我打算把車子停在公司，走路去車站。

可以見到雅也，可以聽他演奏的新曲目。

我太興奮了，晚上幾乎無法入眠，但隔天早上，仍然帶著想要一路蹦跳的輕快心情去公司上班。我在更衣室換衣服時，三木典子走了進來，身上穿著去間山姊之前常去買衣服的那家服飾店的衣服。她竟然在前輩的歡送會上穿這件衣服。我很想嘆氣，但眼前不能惹她不高興。

「典子，早安，這件衣服真漂亮。」

「謝謝。不瞞妳說，我的身體好多了，所以還是決定自己去聽音樂會。雅也特地為我準備了門票，如果看到別人坐在那裡，一定會很失望。」

這簡直是正面踹了我一腳。妳一開始就打算這麼做嗎？妳奪走了我的一切，還在繼續討厭我嗎？因為我沒有說妳最漂亮，所以就這麼痛恨我嗎？如果我能夠把這些話說出口，不知道該有多好。

「但、但是我已經買好了特急電車票……」

然而，說出口的卻是結結巴巴的微弱抵抗。

「我還沒有買車票，妳轉賣給我就好。真的很對不起，下次演奏會時，我會請他也為妳留一張票。而且，如果妳真的是他的粉絲，當然不希望看到他心情沮喪地表演，而是更希望他在初場演奏會上有完美的演出，大獲成功吧？有一件事還沒有正式對外公佈，芹澤兄弟已經接到邀約，要為電影編寫主題曲，所以，相關人員也會來聽這次演奏會，不允許有任何失敗。」

她漂亮的雙唇俐落地吐出污濁的話語。

「是啊，我瞭解……」

「謝謝妳，我會買伴手禮回來送妳。送妳馬克杯好嗎？里沙打破的那個杯子，妳還在使用吧？里沙雖然以為自己做事很俐落，但其實只是動作粗糙而已，我沒有好好指導她，所以也有責任，讓我送妳一個新的。」

「妳不必放在心上，里沙不是故意的，我早就不在意了。我覺得她很聰明，工作能力也很強，也很努力。」

比起自己的夥伴滿島榮美，我更肯定狩野里沙子的工作能力。

「妳真瞭解啊，既然妳對公司裡的事觀察得這麼仔細，應該早就知道偷竊事件的元兇吧？」

從秋天開始，我們部門內放在冰箱裡的甜點，或是放在辦公桌抽屜內的文具經常失竊，我為了確認自己放下對股長的心意所買的泡芙也被偷了，當時還為這件事感到很沮喪。

但因為我只有泡芙被偷，所以並沒有把這件事看得太嚴重，也完全不知道是誰偷的。

「典子，妳知道是誰嗎？」

「當然啊。之前偷小東西也就算了，但我不能原諒小偷竟然偷我的原子筆，最近聽說也開始對『白雪』下手，我打算找適當的時機揭發。」

「是嗎？」

「真受不了妳，妳這麼遲鈍，居然喜歡芹澤的音樂，妳真的能夠理解他們的音樂嗎？」

我為什麼要被她這樣批評？我懊惱不已，淚水湧上心頭，但是，我不能在三木典子面前流淚，我衝進廁所哭了一下，然後告訴自己，我已經是大人了，所以咬緊牙關，擦乾了眼淚。

我以為廁所裡沒人，走出來時，撞見了里沙。

「妳還好嗎？」

我應該笑著告訴她「我沒事」，但看到她一臉擔心地看著我，我流下了一行淚水。

「該不會是典子姊？」

我很驚訝她怎麼會知道，但可能我沒有回答，就變成了我的回答。里沙繼續對我說：

「我在前輩面前這麼說或許有點不知分寸，其實我能夠體會妳的心情。光是因為同期進公司或是搭檔就被歸為一類，就夠讓人火大了，但她常常面帶笑容地作弄人。即使告訴別人，別人也覺得我只是在嫉妒，只能躲起來偷哭。如果妳不嫌棄，就把不愉快的事全都說出來，心情也會比較痛快。」

仔細想一下就知道，三木典子不可能放過她。我之前居然沒有想到這件事。於是，我把演奏會的事告訴了里沙。

「太過分了，她聖誕節時送我芹澤兄弟的CD，我一聽就愛上了，但也可能是她的陰謀，打算在我更入迷後，也對我做類似的事。典子姊有沒有說我什麼？」

「不，她什麼都沒說。」

我沒有告訴她，典子整天說她的壞話。里沙似乎不太相信，想了一下，突然露出興奮的表情，向我提議說：

「城野姊，妳就去聽演奏會嘛！」

里沙對我說，傍晚之前，她會想好從三木典子手上搶走演奏會門票的計畫，而且真的為了我想了一個辦法。她的計畫很簡單。

三木典子之前說有點感冒似乎並不是說謊。里沙說，在參加歡送會之前，會讓三木典子吃感冒藥，然後設法灌她喝兩、三杯啤酒，我再說要送她去車站。當她上車後，就搶走她的門票。

里沙在午休時去買了感冒藥。

「這種感冒藥的藥性很強，我吃了也想睡覺，然後再灌幾杯啤酒，她一上車應該就會想睡覺。到時候妳從她的皮包裡拿走門票逃走就好。」

「典子怎麼辦？」

「就讓她睡在車上啊，當她醒來時，會發現門票不見了。雖然會氣得牙癢癢的，但她是自作自受。」

「但是我擔心回來之後會很麻煩。」

「妳可以見到芹澤兄弟啊，這點風險算什麼。去想以後的事也沒用，反正船到橋頭自然直。」

船到橋頭自然直——不知道里沙想像的是怎樣的結果。

我完全無法想像未來會發生的事，就開始執行計畫。

歡送會後，我對三木典子說，我把特急電車的車票放在車上，請她跟我去拿，我會順便送她去車站，她不假思索地跟我去了公司停車場。但是，她上車後並沒有睡覺，我打開手套箱，說車票好像忘在家裡了，可不可以回去拿？三木典子很不耐煩地說：「真受不了。」但我還是把車開往家裡的方向。

回到家後，我假裝去拿車票，然後把原本就放在皮包裡的車票拿了出來，回到車上交給三木典子，把車開往車站的方向。三木典子把特急電車票放進皮夾時，我看到裡面的演奏會門票。

也許計畫無法成功。正當我準備放棄時，三木典子開始昏昏欲睡，不到一分鐘，她就發出了均勻的鼻息。太好了！我在暗自歡呼的同時，開始為她可能在抵達車站之前就醒來感到不安。

先把門票搶過來再說。我沿途尋找可以停車的地方，發現剛好在里沙家附近。我之前曾經陪她去買電子鍋和電熱水瓶，想起她住的公寓停車場很大。我把車子停在那裡，從三木典子的皮包裡拿出皮夾，拿走演奏會門票和特急電車的車票，立刻下車衝向車站。

我把鑰匙留在車上。

我衝上特急電車，抵達大阪之前，心臟撲通撲通跳個不停，搭上深夜巴士後，仍然無法入睡。一抵達東京車站，我來不及休息，就立刻趕去演奏會會場，所以在開演前兩個小時就到了。

會場周圍已經有好幾個和我一樣的人，正在等候芹澤兄弟走進會場。我也加入其中，在通往地下室後門的階梯前翹首盼望。這時，一輛保姆車在我面前停了下來——優也和雅也下了車。

我雙手伸到雅也面前想要和他握手的瞬間，雅也從我的面前消失了，身旁的女人慘叫起來。我不知道發生了什麼事，往階梯下一看，發現雅也倒在那裡。

是因為我嗎？我來不及思考，就撥開人群逃走了，然後一直躲在大城市的角落，其實只是這家平價商務飯店而已。我查了網路，發現有人說，雅也的小提琴手生涯從此結束了。

雅也的粉絲會要了我的命。粉絲俱樂部的名冊上可以查到我的住址，我害怕不已，所以謊稱母親病危，一直躲在這家商務飯店。

不久之後，得知三木典子在時雨谷遭到殺害。是因為我把她留在車子裡嗎？我會被追究刑責嗎？這下子我又為這件事感到害怕，決定繼續躲在這裡靜觀事態變化。

不知道為什麼，我莫名其妙變成了這起命案的兇嫌。

即使我向警方說明我沒有犯案，他們恐怕也不會相信。我認定是這樣，愈來愈不敢出面說明，今天出刊的《太陽週刊》徹底把我擊垮了。

我腦袋一片空白地翻閱了週刊雜誌內的其他內容，剛好看到有關雅也的報導。他非但沒有因為受傷斷絕他身為小提琴手的生命，反而和一位模特兒譜出了戀曲。我又看了網路，發現充斥著誹謗中傷的留言，說三木典子只是被利用的幌子。

替身公主、妄想女、上天的懲罰、死有餘辜、感謝兇手……

三木典子到底對那些人做了什麼？

「——典子，如果我不愛芹澤兄弟，妳也會喜歡他們，喜歡雅也嗎？」

她當然不可能回答我的問題，但是，正當我想要從這些宛如污物般的文字上移開視線時，我看到了。

「芹澤兄弟的音樂是我的空氣，雅也是我的上帝。只要能夠讓他愛上我，我可以做任何事，即使讓我這張臉變醜，再也無法恢復原狀，我也在所不惜。」

三木典子曾經一臉嚴肅地這麼說。

寫下這則留言的，一定是她很熟悉的朋友，即使之後的留言中，充滿了揶揄的字眼。

典子真可憐。

照理說，我應該覺得她活該，但我還是忍不住同情她，眼淚忍不住湧上心頭。比起她遭到殺害這件事，我更為她以為雅也愛她，但雅也並不愛她感到可憐，我為她流下了眼淚。

遭到深信不疑的人背叛，被陌生人誹謗中傷，而且，當事人完全沒有反擊的能力。

我和她一樣。

我放聲大哭，幾乎忘了自己身處的狀況。

哭累了之後就睡著了，在昏暗的房間內醒來，寂寞湧上心頭，我投了一百圓，打開了電視。

畫面上出現了「時雨谷粉領族命案」的兇嫌照片。

——狩野里沙子。

她為什麼會做這種事？目前還不瞭解她的殺人動機，雖然我是因為里沙才會落入目前的慘況，但我無法恨她。

我終於可以出去了，可以回到溫暖的地方……嗎？我能去哪裡？根本沒有溫暖的地方。

我心已死，只能漫無目的地徘徊。

＊

雖然寫得很長，但仍然沒有找到答案，所幸並不是一無所獲。
為了活下去，我應該會回到「日出化妝品」上班。
美野里和麻澄或許會打電話安慰我，對我說辛苦了。
遇到很像江藤的人，或許會回頭。
如果父母有什麼狀況，我應該會回永澤地區。
我會想著黛安娜，繼續聽芹澤兄弟的音樂。
我會回到曾經生活的地方，重啟和以往相同的日子，可是——
再也沒有白雪公主了。

【請參考第二四九頁的資料7、第二五五頁的資料8、第二五九頁的資料9、第二六五頁的資料10】

「時雨谷粉領族命案」相關資料

資料 1

社群論壇，曼瑪羅
赤星雄治的專頁①

man-malo

～★★★歡迎光臨 RED_STAR 的即時訊息★★★～

RED_STAR

喔，有電話。搞什麼，原來是她，要不要假裝已經睡了？啊啊，煩死了。

10:45PM Mar.8th

RED_STAR

重大新聞？妳說的哪一件事真的重大？什麼？警方問案？好像滿好玩的嘛。

10:48PM Mar.8th

RED_STAR

時雨谷的命案？那是什麼？喔，妳是說那起命案。妳該不會就住在那附近？

10:52PM Mar.8th

RED_STAR

妳朋友？

10:54PM Mar.8th

RED_STAR

死者的名字是……這個不能隨便公佈吧？

11:00PM Mar.8th

RED_STAR

特徵之 1：比我大兩歲，所以是二十五歲？特徵 2：超級大美女。但女人口中的美女不太可信。特徵 3：個性也很好。愈來愈難以相信了。

11:10PM Mar.8th

RED_STAR

我不想聽妳的前輩後輩論，談命案的事！

11:15PM Mar.8th

RED_STAR

死者的公司也不能公佈？

11:18PM Mar.8th

RED_STAR

特徵 4：和父母同住。特徵 5：喜歡送人禮物。所以是有錢人家的千金小姐囉。真羨慕啊，啊，但她已經被人殺了。

11:27PM Mar.8th

RED_STAR

我知道了，妳的事不重要，妳不管穿什麼都無所謂啦。

11:30PM Mar.8th

RED_STAR

芹澤兄弟？不是唱「你～是～」的那個團體吧。

11:38PM Mar.8th

RED_STAR

喂喂，這是什麼魔法嗎？

11:42PM Mar.8th

RED_STAR

特徵6：似乎沒有男朋友。特徵7：似乎也不像是跟蹤狂所為。特徵8：喜歡吃豆腐，應該說是老饕。

11:52PM Mar.8th

RED_STAR

要不要去現場看看？現在才叫我不要去曼瑪羅上碎碎唸，來不及了啦。

11:54PM Mar.8th

RED_STAR

機會終於找上門了嗎？

11:58PM Mar.8th

KATSURA

咦？今天居然不是聊拉麵，但聽起來似乎更有意思。

0:26AM Mar.9th

RED_STAR

@KATSURA，宣佈擺脫美食報告……還是讓你來好了！

0:30AM Mar.9th

MARURIN

各位好。我用「芹澤兄弟」和「命案」作為關鍵字搜尋，發現了這裡。你們是在討論在某個鄉村深山發現燒焦屍體的那起命案吧？芹澤兄弟和這起命案有什麼關聯嗎？
0:42 AM Mar.9th

RED_STAR

@MARURIN，屍體被燒焦的死者生前送給職場後輩的聖誕禮物，就是芹澤兄弟的ＣＤ，和命案本身無關。不過，芹澤兄弟的事件是怎麼回事？
0:45AM Mar.9th

MARURIN

謝謝。聽到燒焦屍體命案和芹澤兄弟沒有直接關係，鬆了一口氣。因為一個腦筋有問題的粉絲造成雅也手受了傷，全國巡迴演出中止了。真希望兩起案子都趕快找到元兇。
0:50AM Mar.9th

RED_STAR

死者的姓名公佈了。和我之前聽到的一樣。照片看起來是大美女嘛。
1:40 PM Mar.9th

KATSURA

網路新聞上公佈了死者任職的公司名字，日出化妝品就是「妳也可以擁有白雪柔肌」的白雪洗面皂那家公司吧？這款洗面皂超暢銷的，連我媽都叫我幫她上網訂購。如果當初讓那個人當廣告代言人，搞不好可以賣得更好。
10:37PM Mar.9th

RED_STAR

燒焦的屍體是白雪公主。
11:18PM Mar.9th

KEROPPA

太讚了！我是新朋友，也對這起命案很有興趣。我也聯想到白雪公主，那麼漂亮的美女被人殺害，無法原諒。

11:54PM Mar.9th

HARUGOBAN

這裡寫了很多有關命案的詳細情況，消息來源可靠嗎？

0:10AM Mar.10th

RED_STAR

@KEROPPA，同感。雖然童話故事中的白雪公主又活過來了，但我們的白雪公主無法復生。真的是很悲慘的事件。這是「白雪公主殺人事件」。

0:19AM Mar.10th

HARUGOBAN

我們的？

0:26AM Mar.10th

RED_STAR

後續消息～！

9:30PM Mar.10th

RED_STAR

目前研判死亡時間是星期五晚上。那天剛好是該部門聚餐，六點半之後，所有人去了公司附近的居酒屋，兩個小時後離開。

9:47PM Mar.10th

RED_STAR

公司內部的人相互猜忌懷疑，應該有人在主導吧。第四頻道的精神科醫生說，這是有計畫的犯罪，但那傢伙說的話不可信。

10:03PM Mar.10th

RED_STAR

兇手開車。所以是男人？不對，在鄉下地方，即使大嬸也都自己開車。

10:08 PM Mar.10th

RED_STAR

埋伏應該不太可能，很可能是兇手把死者約出去。目前還不知道死者隨身物品的情況。

10:20 PM Mar.10th

RED_STAR

死者當天拿了平時不會帶去上班的名牌包，穿了戰鬥服。

10:23 PM Mar.10th

RED_STAR

真希望立刻去現場察看，但偏偏這種時候接到了工作。現在哪有空在這裡吃沾麵啊。

10:45 PM Mar.10th

HARUGOBAN

別在這裡碎碎唸了，要不要考慮去報警？

11:00 PM Mar.10th

SACO

據我的觀察，似乎是死者周圍的人在爆料，爆料者知道你在這裡公佈這些事嗎？
0:15 AM Mar.11th

KEROPPA

白雪公主正打算去城堡參加舞會吧。
10:30PM Mar.11th

RED_STAR

@KEROPPA，那是灰姑娘啦。
10:35PM Mar.11th

KEROPPA

喔，對喔。
10:37PM Mar.11th

KATSURA

我認為兇手是公司內部的人，應該是男人。跪求沾麵店家資訊。
10:54PM Mar.11th

RED_STAR

@KATSURA，我投兇手是女人一票。
10:57PM Mar.11th

MARURIN

晚上好。我看了很多相關消息後，發現一個問題。死者，在這裡稱為白雪公主嗎？死者的照片公佈了，我好像曾經在芹澤兄弟的演奏會時看過她。
11:27PM Mar.11th

RED_STAR

@MARURIN，這個消息太寶貴了。請問是哪裡的會場？
11:30PM Mar.11th

MARURIN

大阪會場。我在周邊商品販賣區猶豫不知道該買什麼，站在我旁邊的人很像死者，但我沒有把握。
11:34PM Mar.11th

RED_STAR

@MARURIN，白雪公主曾經送公司的後輩ＣＤ，可見是芹澤兄弟的粉絲，也應該多次去參加演奏會。大阪的話，一班特急就可以到了，我猜想應該就是她。也許白雪公主在案發當天就是為了去聽演奏會，才會穿上戰鬥服。
11:37PM Mar.11th

MARURIN

巡迴演奏會的第一場就在案發翌日，只不過是在東京舉行。原本這個週末要在大阪舉行，我也買了票，但因為發生了意外，所以取消了。
11:42PM Mar.11th

MARURIN

真的超嘔的！但是，眼前的首要大事就是希望雅也早日康復，同時要盡快抓到兇手。
11:44PM Mar.11th

RED_STAR

@MARURIN，東京嗎？對喔，我朋友也說過，但既然大阪也會舉辦演奏會，就不必特地去東京了。
11:50PM Mar.11th

MARURIN

對不起，沒幫上忙。
11:53PM Mar.11th

RED_STAR

@MARURIN，別這麼說，謝謝。
11:56PM Mar.11th

RED_STAR

終於發現了可疑嫌犯！但只是茶水室內的傳聞。嫌犯也是公司內部的人，但當事人在案發之後一直請年假，的確很可疑。
7:30PM Mar.12th

RED_STAR

住在案發現場附近，而且有車子。
7:30PM Mar.12th

RED_STAR

殺人動機是感情糾紛。三角關係。所以，兇嫌已經確定了嗎？雖然貌不驚人，但據說很會做菜。
8:11PM Mar.12th

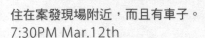

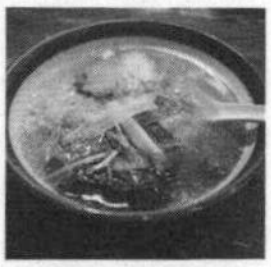

RED_STAR

什麼？公司內部經常有東西失竊？
8:26PM Mar.12th

RED_STAR

遭竊的是慶生會剩下的蛋糕，小偷應該討厭吃栗子。真是太微不足道的竊案了。會不會硬要和這起命案扯上關係？只是想把討厭的前輩當成兇嫌而已。真沒勁～
8:40 PM Mar.12th

RED_STAR

白雪公主也遭竊，被偷走一支原子筆。
8:52 PM Mar.12th

RED_STAR

果然只是茶水室八卦而已，所以不會告訴警察。只是臆測和期望，當然不敢告訴警察。原本打算下週去案發現場，我看取消算了。
9:15 PM Mar.12th

KEROPPA

兇嫌？看你寫的，感覺像是女人，中了嗎？
11:45 PM Mar.12th

RED_STAR

@KEROPPA，不，這就不方便透露了，任君想像。
0:05AM Mar.13th

KATSURA

是女人喔？醜八怪女人的嫉妒嗎？
0:10 AM Mar.13th

RED_STAR

@KATSURA，現在還不能妄加斷定。
0:13 AM Mar.13th

MARURIN

白雪公主被偷的原子筆是芹澤兄弟的周邊商品嗎？
0:25 AM Mar.13th

RED_STAR

@MARURIN，好像是。
0:28 AM Mar.13th

MARURIN

那支原支筆上凝聚了優也和雅也的音樂能量！竟然偷這麼珍貴的東西，我覺得小偷和殺人兇手是同一個人。
0:32 AM Mar.13th

RED_STAR

@MARURIN，我能理解你生氣的原因，但小偷之前都偷一些不值錢的東西，搞不好不知道原子筆的價值。
0:35 AM Mar.13th

MARURIN

是啊。既然不知道原子筆的價值，代表兇手並不是芹澤兄弟的粉絲。我不希望這種莫名其妙的人為他們加油，所以鬆了一口氣。

0:39 AM Mar.13th

HARUGOBAN

各位的偵探遊戲已經差不多了吧？

1:00 AM Mar.13th

RED_STAR

兇嫌已經確定？而且和茶水室八卦的兇嫌是同一人。公司的客戶證實，在案發當晚看到白雪公主和兇嫌坐上同一輛車。喔喔。

9:30PM Mar.15th

RED_STAR

兇嫌的車子停在車站前的路旁，案發隔天早晨遭到拖吊。在座位下方發現了白雪公主的皮夾。太猛了。

9:46 PM Mar.15th

RED_STAR

另外有人證實，案發當天晚上，看到兇嫌抱著一個大皮包衝向車站。翌週請了年假，理由是「母親病危」，幾乎可以斷定這傢伙就是兇嫌了嘛。但是，兇嫌在死者身上亂刺一通，還點火焚屍，時間好像不太充足。

9:58 PM Mar.15th

RED_STAR

原來如此，可能有共犯。共犯是三角關係中的另一人。這個世界真小啊。

10:10 PM Mar.15th

RED_STAR

兇嫌喜歡開快車，所以時間上很可能勉強來得及？
10:21PM Mar.15th

RED_STAR

白雪公主殺了白雪公主。
10:36 PM Mar.15th

RED_STAR

咦？露餡了？那我就帶著滿滿的歉意去實地瞭解情況。
10:39 PM Mar.15th

KEROPPA

兇手是白雪公主是怎麼回事？該不會是雙胞胎？
11:00 PM Mar.15th

RED_STAR

@KEROPPA，提示：是名字，我不能透露更多了。
11:07 PM Mar.15th

KATSURA

等待你的實地報導，也順便拜託一下時雨谷美食報導。
11:30 PM Mar.15th

RED_STAR

@KATSURA，少作夢。

11:33 PM Mar.15th

MARURIN

終於快要公佈兇嫌了。網路上，希望早日抓到殺害白雪公主的兇手的聲浪與日俱增，但大部分都因為白雪公主是美女，所以還成立了「白雪小姐」的粉絲俱樂部，這種聲援根本都是鬧著玩的。八成都是男網友。

11:40 PM Mar.15th

MARURIN

有不少人因此產生反彈，明明根本沒有見過白雪公主，就說她的個性可能有問題，留言寫了很多中傷的話。這些應該是女網友。我覺得這些人都很膚淺。

11:43 PM Mar.15th

MARURIN

我是女生，身為喜歡相同音樂家的粉絲，對白雪公主的死深感哀悼，希望可以早日抓到兇手。關於導致雅也受傷的兇手，粉絲之間也持續蒐集相關消息。衷心期待 @RED_STAR 的實地報導。

11:46 PM Mar.15th

RED_STAR

@MARURIN，謝謝。去命案現場途中，我會聽聽看芹澤兄弟。

11:50 PM Mar.15th

SACO

破哏了啦！！

0:00 AM Mar.16th

資料 2

社群論壇，曼瑪羅

赤星雄治的專頁②

man-malo

～★★★歡迎光臨 RED_STAR 的即時訊息★★★～

RED_STAR

時雨谷 in。距離車站剛好三十分鐘車程，停車場超大。因為不是開自己的車，再加上第一次來這種地方也只需要這點時間，熟悉環境的話，應該可以縮短七、八分鐘。這裡完全沒有人煙，是因為非假日？還是曾經發生命案？估計是兩者皆有之。難怪沒有目擊證人。

9:30AM Mar.18th

KATSURA

喔，終於到現場了。跪求第一手報導。但是這種地方通常晚上有很多情侶聚集吧？命案發生在星期五晚上，經濟不景氣，汽車旅館的費用也是一大筆開銷，搞不好有一對情侶為了省錢，躲在那裡打野砲。

9:35 AM Mar.18th

RED_STAR

@KATSURA，搞不好還有飆車族的聚會。

9:38 AM Mar.18th

RED_STAR

我看到了徵求目擊者的看板。怎麼可能有人特地向警方通報？如果有酬謝金的話就另當別論。

9:42 AM Mar.18th

KATSURA

要看約會的對象，如果是偷腥的密會就會閉嘴。

9:44 AM Mar.18th

RED_STAR

@KATSURA，我還是投沒有人一票。如果看到停車場有車，兇手一定會另選地點。現在要去發現屍體的現場，這裡的視野很不錯啊。
9:48 AM Mar.18th

KATSURA

時間完全不同吧。有沒有路燈？
9:50 AM Mar.18th

RED_STAR

@KATSURA，停車場入口有一個，右側角落的廁所前有一個。就這樣。左側角落的步道通往山谷。
9:52 AM Mar.18th

KATSURA

只要把車子停在步道附近，兩個人一起下車，殺害之後，一個人離開上車，其他人也很可能不會發現啊。
9:55 AM Mar.18th

RED_STAR

@KATSURA，不清楚，很難說。
9:57 AM Mar.18th

RED_STAR

在走進步道約十公尺處有一個廣場，可能是戶外活動場？有洗手台和營火區，可以在這裡做咖哩。沿著右側的階梯往下走到河邊，可以在那裡烤肉。這裡還有山櫻和杜鵑花，再過一個月，這裡的花就會開得很漂亮。
10:10 AM Mar.18th

KATSURA

沒想到那裡的環境似乎很不錯嘛。
10:12 AM Mar.18th

RED_STAR

@KATSURA，來這裡之前，我在車站的觀光服務站拿了簡介看了一下，這裡應該是附近一帶假日休閒的地方。聽說是一對上山採野菜的老夫婦發現了屍體，我腳下也看到了筆頭菜。很想一邊看書，一邊在這裡睡個午覺。
10:15 AM Mar.18th

KATSURA

喂，喂，專心做現場報導啦！
10:17 AM Mar.18th

RED_STAR

死者的公司也在秋天舉辦了從公司走到這裡的健行活動。一開始就在這裡集合就好了，他們卻花好幾個小時走過來，幹嘛把自己搞得這麼累。
10:20 AM Mar.18th

SACO

吃便當、玩遊戲後就解散！如果不從公司走過來，沒辦法向公司申請活動經費！！
10:23 AM Mar.18th

RED_STAR

@SACO，啊喲，妳也看到了啊？妳現在不是在上班嗎？
10:24 AM Mar.18th

SACO

我在休息。就當作是這樣吧。
10:25 AM Mar.18th

RED_STAR

@SACO，玩什麼遊戲？
10:27 AM Mar.18th

SACO

猜拳、傳話遊戲和尋寶。無聊死了……
10:29 AM Mar.18th

RED_STAR

@SACO，尋寶遊戲真令人懷念。讀小學時，曾經參加兒童會的露營，曾經拿到三等獎的飛盤，大人可以拿到什麼獎品？
10:32 AM Mar.18th

SACO

幾乎都是一百圓商店買的生活用品，我拿到一個特大的保鮮盒。做咖哩的時候很好用，但我還是想要頭等獎的文件夾。
10:35 AM Mar.18th

RED_STAR

@SACO，真不起眼的頭等獎。
10:36 AM Mar.18th

SACO

NO！NO！那是銀製的小提琴形文件夾！！既然你租了車去時雨谷，跟我說一聲會死啊！！！本來想拜託你順便幫我買柴油！！！！
10:38 AM Mar.18th

KATSURA

我剛才就發現了，該不會有命案相關人員出現？
10:40 AM Mar.18th

SACO

NO！NO！我要閃人～了！！
10:42 AM Mar.18th

RED_STAR

搗蛋鬼走了，繼續現場連線報導。現在正要前往發現屍體的現場。雜木林位在廣場的左側，河流的另一側，有很多入口。
10:45 AM Mar.18th

RED_STAR

現場在哪裡？我已經走了不少路。啊喲，前方發現了封鎖線！附近有樹木燒焦的痕跡。太悲慘了……咦？我是從哪個方向來的？
11:00 AM Mar.18th

KATSURA

你該不會是路癡？
11:02 AM Mar.18th

RED_STAR

喔，看到停車場了。搞了半天，原來我繞了一個大圈子，從停車場旁就可以直接走到命案現場。

11:05 AM Mar.18th

KATSURA

到底是怎麼回事？跪求詳細說明。

11:07 AM Mar.18th

RED_STAR

@KATSURA，警方問的人瞭解附近這一帶的環境，聽到「時雨谷的雜木林」，就認定是從停車場經過廣場走到這裡，所以判斷兇嫌作案的時間可能來不及。但如果是從停車場的直線距離，搞不好時間上來得及。

11:12 AM Mar.18th

KATSURA

愈來愈有推理的味道了，名偵探，要不要一鼓作氣，順便推理一下誰是兇嫌？既然這樣，我也投停車場沒有目擊者一票。白雪公主變成了焦黑的屍體，如果有人，看到火燒起來，一定會報警。

11:16 AM Mar.18th

RED_STAR

@KATSURA，即使是偷腥的情侶，看到著火了，應該也不至於默默走開。但嫌犯為什麼要燒屍體？既耗費時間，也可能增加被人看到的風險。

11:18 AM Mar.18th

KEROPPA

久違了！原來你去了現場。之所以燒屍體，是因為兇嫌是女人吧。為嫉妒發狂的女人總是會做一些不理智的事。

11:20 AM Mar.18th

KATSURA

強烈同意。差不多該公佈兇嫌了吧？
11:22 AM Mar.18th

RED_STAR

先採訪再說。下午之後，要去採訪「很瞭解兇嫌的人」。約在十二點見面，來得及嗎？現場連線報導暫時告一段落。
11:25 AM Mar.18th

RED_STAR

及時趕到，及時趕到。目前正在居酒屋「水車小屋」，要一邊吃飯，一邊向一個可愛的女生瞭解情況。女人口中的「可愛」很不可靠，至於真可愛還是假可愛，答案很快就會揭曉。
11:58 AM Mar.18th

KATSURA

期待午餐報告！
0:02 PM Mar.18th

RED_STAR

第一個人談完了。是公司內的包打聽，和兇嫌也很熟，但目前還無法相信她。問我和誰在交往？
1:10 PM Mar.18th

KATSURA

你的事就不必了，只要說命案的事就好。
1:15 PM Mar.18th

RED_STAR

兇嫌並沒有很醜，皮膚很光滑，是白雪洗面皂的效果嗎？上司要求兇嫌泡茶，讓白雪公主送給客戶。但是，兇嫌對此沒有抱怨，也沒有口出惡言。

1:18 PM Mar.18th

KEROPPA

這樣會在內心累積恨意吧。目前應該可以確定兇嫌是女人吧？

1:22 PM Mar.18th

RED_STAR

@KEROPPA，只知道是同一家公司的女人，目前還無法特定是某一個人，所以這樣認為 OK 啦。

1:24 PM Mar.18th

RED_STAR

兇嫌拚命做豪華便當釣到的男朋友，被白雪公主橫刀奪愛。之後竊盜事件頻傳。兇嫌特地在袋子上寫了「有毒」的泡芙也被偷了。還毒蘋果哩（笑）。

1:27 PM Mar.18th

KATSURA

好冷！！但「有毒」看起來就像是偽裝。

1:30 PM Mar.18th

RED_STAR

白雪公主的原子筆被偷了，是男朋友送的禮物嗎？搞不好兇嫌一開始的目的就是為了偷原子筆，之前的竊盜行為都是故佈疑陣。案發當晚，兇嫌可能用原子筆做為誘餌請白雪公主上了自己的車子。

1:34 PM Mar.18th

RED_STAR

兇嫌在公司使用白底上有金色Ｓ字的馬克杯，被白雪公主帶的後輩敲出一條裂縫。但兇嫌仍然沒有丟棄，繼續用來放糖果，半年之後仍然對此懷恨在心。可見很珍惜那個杯子。
1:37 PM Mar.18th

KATSURA

Ｓ是兇嫌的姓名縮寫嗎？
1:40 PM Mar.18th

RED_STAR

@KATSURA，姓氏的縮寫是Ｓ，但三角關係的男人名字縮寫也是Ｓ。應該是後者吧。
1:42 PM Mar.18th

RED_STAR

兇嫌在變得判若兩人的瞬間，會發出冷笑。
1:45 PM Mar.18th

RED_STAR

根源在於公司每年會將同期進公司的兩名女職員分配在各部門的制度，導致彼此之間產生比較……差不多是這樣。「水車小屋」的每日特餐豬排定食既不好吃，也不難吃，搭配的涼拌豆腐和味噌酒糟豬肉湯超讚。雖然這裡沒什麼特色，但水質很乾淨。
1:50PM Mar.18th

RED_STAR

接下來要在六點和Ｓ見面。敬請期待！那就利用這段時間寫一下沾麵報告吧。
1:52PM Mar.18th

KEROPPA

在殺白雪公主時也露出冷笑吧。簡直就是魔女，真希望在警方逮到她之前搶先抓到她，把她活活燒死。期待後續報導。

1:55PM Mar.18th

KATSURA

也別忘了來點「這杯好酒，男人非喝不可」的消息。

1:57PM Mar.18th

HARUGOBAN

原來你是《英知週刊》的記者。

2:00PM Mar.18th

RED_STAR

簡短的後續報導。S雖然接受了兇嫌的便當，但並沒有交往，只是兇嫌單方面認為他們在交往。也曾經把裝了咖哩的保鮮盒放在S家的信箱裡。

8:00PM Mar.18th

KATSURA

呃啊，根本就是跟蹤狂嘛。

8:03PM Mar.18th

RED_STAR

S也認為偷竊事件是兇嫌所為。兇嫌把冰箱裡的東西當成是S送她的禮物嗎？

8:06PM Mar.18th

KEROPPA

徹底壞掉了。

8:10PM Mar.18th

RED_STAR

S曾經和白雪公主交往，之後白雪公主和小提琴手交往，他們就分手了。S心有不捨，但沒有恨意。雖然懷疑可能是小提琴手殺了白雪公主，但小提琴手有不在場證明。

8:13PM Mar.18th

RED_STAR

和最後見到兇嫌的目擊證人見了面。白雪公主和兇嫌曾經送他結婚賀禮。白色底色上分別印了金色高音譜號和低音譜號的對杯。

8:16PM Mar.18th

RED_STAR

兇嫌似乎事先買好了往大阪方向的特急電車票。不知道她是不是還活著。最後的目擊證人用這句黑暗的話作為結語，辛苦了。炸芝麻豆腐真好吃。這可能是今天最大的收穫。（笑）

8:20PM Mar.18th

KATSURA

辛苦了。

8:23PM Mar.18th

KEROPPA

辛苦了！

8:25PM Mar.18th

MARURIN

晚上好。原來你去了時雨谷。我想起幾件事。
8:30PM Mar.18th

MARURIN

小提琴形的文件夾、S的馬克杯，金色高音譜號和低音譜號的馬克杯都是芹澤兄弟的周邊商品。原子筆也是，想到兇嫌可能也是芹澤兄弟的粉絲，不由得不寒而慄。
8:32PM Mar.18th

MARURIN

還有，白雪公主交往的小提琴手，該不會就是芹澤兄弟中的其中一個？只有音樂女神才有資格成為優也和雅也的女朋友，即使白雪公主是美女，也不可能成為他們的女朋友。而且，居然懷疑芹澤兄弟是兇嫌。
8:35PM Mar.18th

MARURIN

雅也目前因為手受了傷，正面臨極大的困境，可能會因此斷了他身為小提琴手的生涯。優也每天都為雅也演奏祈禱的樂曲。有心人士放出這種把芹澤兄弟逼入困境的假消息，我和其他粉絲都不會原諒。
8:38PM Mar.18th

RED_STAR

@MARURIN，不必擔心，兇嫌已經確定，不會懷疑到芹澤兄弟頭上。希望白雪公主殺人事件早日解決，也希望芹澤兄弟早日重回舞台。
8:42PM Mar.18th

SACO

為什麼你一個人先去吃炸芝麻豆腐！我馬上就下班了，你準備好晚餐等我！！
9:00PM Mar.18th

資料 3

摘自《太陽週刊》
4月1日號
（3 月 25 日出刊）

焦黑屍體的真實身分
原來是白雪公主!?

到底是恨意長期累積導致有計畫謀殺，還是衝動殺人？T縣T市的「時雨谷」是假日的好去處，一家人烤完肉之後，小孩子可以戲水、採集昆蟲，大人可以看書、睡午覺，充滿牧歌的氣氛。發生在這個假日休閒好去處的殺人命案，震撼了當地居民。

本月七日黎明，一對採野菜的老夫婦在時雨谷廣場向山谷方向走十分鐘的雜木林中，發現了一具屍體，立刻向警方報案。

這具屍體身中十數刀，並被柴油焚燒成焦屍。

死者名叫三木典子（二十五歲），任職於憑著「妳也可以擁有白雪柔肌」廣告而走紅的化妝品公司。典子小姐美若天仙，明眸皓齒，宛如白雪般的漂亮肌膚，是眾人眼中自家產品的最佳代言人。

公認的美女典子小姐，為什麼會變成焦黑的屍體被人發現？

白雪公主殺了白雪公主？

和典子小姐關係密切的同事說：「她人很好，很會照顧後輩，無法想像典子姊會招人怨恨。典子姊並非只有外在美而已，心地也很善良。」

典子小姐似乎深受同性喜愛，但並非每個人都這麼想。

「我之所以能夠盛讚典子姊，是因為我年紀比她小的關係。我們公司每年會在各部門安排兩名新進的女職員，如果我和典子姊同一年進公司，凡事都會被比較，或許就會覺得她很討厭。」

和典子小姐同時被分配到相同部門的S小姐，似乎的確受到了上司的差別待遇。

「S姊雖然個性文靜，很不起眼，但很會泡茶。我們課長很過分，只要有客戶上門，就會命令S姊泡茶，卻讓典子姊把茶送給客人。」

不知道S小姐內心有何感想。

關於S小姐，該同事還說：「S姊廚藝精湛，她運用廚藝成功地和公司內的男同事交往。但是，那個男同事變了心，愛上了典子姊，S姊被拋棄了。每天做了豪華便當給他，但他最終還是只看外表。S姊很難過，我也曾經好幾次聽她說典子小姐的壞話，覺得很為難。」（女同事）

但是，所謂交往，似乎只是S小姐一廂情願的想法。

「她利用某次一起加班的機會開始為我做便當，之後甚至把便當直接送去我家的信箱，讓我有點發毛。即使表示婉拒，她也不理會我，我只好向她說明已經和典子小姐交往，她才終於罷休。但現在回

想起來覺得很後悔，也許當時不該這麼說。我和典子小姐早就分手了，只是不曉得S小姐知不知道。」（男同事）

S小姐失戀後，公司內開始頻傳失竊事件。

「最初是放在茶水室冰箱裡的蛋糕失竊。蛋糕本來是留給沒有來參加慶生會的同事，那一塊鮮奶油蛋糕上有草莓、哈密瓜和栗子，但隔天盤子上只剩下一顆栗子。」（女同事）

聽了令人心裡發毛。

「之後，冰箱內的甜點、放在廁所櫃子內的生理用品，以及放在各自抽屜內的文具都陸續被偷，只不過金額都不大，所以也沒有向警方報案。大家都覺得公司內有人心理狀態有問題，也就見怪不怪了。」（同一位女同事）

之前都是幾百圓的東西遭竊，只有典子小姐被偷了昂貴的東西。

「典子姊最喜歡的小提琴手的周邊商品，要價五千圓的原子筆被偷了。現在回想起來，之前的偷竊很可能都是為了偷這支原子筆作準備。也許小偷在案發當晚就是用這支原子筆把典子姊約出去。」（同一位女同事）

出入該公司的另位職員在案發當晚看到典子小姐上了S小姐的車子，難道和命案有關？

當天晚上，也有人在車站前看到S小姐。

「我看到她雙手抱著一個大皮包，頭髮凌亂地衝向車站，簡直就像是來自時雨谷的山豬！」

S小姐到底要去哪裡？她在翌週週一向公司謊稱「母親病危」，至今沒有上班。

這位S小姐的姓名也讓人聯想到「白雪公主」。

資料 4

社群論壇，曼瑪羅
赤星雄治的專頁③

man-malo

～★★★歡迎光臨 RED_STAR 的即時訊息★★★～

RED_STAR

我在《太陽週刊》上寫的報導大受好評。
11:30PM Mar.25th

KATSURA

好久不見！就在等你回來這裡碎碎唸。我看了《太陽週刊》，是不是「白雪公主殺人事件」？原來你除了美食報導以外，其他報導也寫得不錯嘛。
11:34 PM Mar.25th

RED_STAR

@KATSURA，「這杯好酒，男人非喝不可」的編輯也來邀稿，大出版社終於發現了我的實力。
11:38PM Mar.25th

KATSURA

喂喂，行情看漲喔。的確，在其他媒體上沒有看到鎖定兇嫌的報導，搞不好你的文章是頭香？
11:42PM Mar.25th

RED_STAR

@KATSURA，內行喔，報導就是要搶時間！沒什麼時間來這裡碎碎唸啊～
11:45PM Mar.25th

KEROPPA

晚上好，我也看了。《太陽週刊》的報導果然是RED_STAR 寫的吧，電車上的廣告也可以看到大幅標題。能夠這麼即時掌握命案相關報導，該不會連殺了白雪公主兇手的下落也知道吧？
11:50PM Mar.25th

RED_STAR

@KEROPPA，下落我就不知道了，但有不少讀者看了我寫的報導後，向編輯部提供各種消息。雖然我很想告訴各位曼友，但《太陽週刊》的編輯再三下令我不得透露，所以恕我無法透露，詳情請見下一期。
11:54PM Mar.25th

KEROPPA

嗚嗚，已哭。下一期一定會買！
11:56PM Mar.25th

RED_STAR

無法免費分享資訊，是職業寫手的最大痛苦。
11:58PM Mar.25th

HARUGOBAN

《太陽週刊》的報導九成都在胡說八道，在這種雜誌寫文章就自詡為職業寫手……笑死人了。正因為知道你是《太陽週刊》的記者，所以對你一些有問題的言論睜一隻眼，閉一隻眼，但接下來我不會客氣。如果你繼續散佈惡臭，我一定會把你打爆。
0:20AM Mar.26th

RED_STAR

@HARUGOBAN，你哪位？有事嗎？
0:23 AM Mar.26th

SACO

你不是《英知週刊》的記者嗎？雖然我無意否定《太陽週刊》，但有一種被出賣的感覺。報導內容也糟透了，簡直把城野姊當成了兇嫌。今天我在公司成為眾矢之的！那些接受採訪的人也都罵我，你要怎麼補償我！

0:28 AM Mar.26th

RED_STAR

@SACO，把名字寫出來沒問題嗎？

0:30 AM Mar.26th

SACO

反正大家不是早就知道了嗎？不要轉移焦點。公司收到很多指名道姓的惡毒電郵和傳真，民眾不斷打電話給接訂單的客服說：「毒肥皂！」全都是你造成的，出來面對！

0:34 AM Mar.26th

RED_STAR

煩……

0:36 AM Mar.26th

GREEN_RIVER

我搜尋《太陽週刊》和「白雪公主殺人事件」，找到了這裡，版主似乎是為週刊寫報導的記者，我猜錯了嗎？

0:40 AM Mar.26th

RED_STAR

@GREEN_RIVER，你沒有猜錯。

0:42 AM Mar.26th

GREEN_RIVER

上面提到「城野姊」，就是週刊上提到的「S小姐」的姓氏嗎？

0:45 AM Mar.26th

RED_STAR

@GREEN_RIVER，任君想像……

0:47 AM Mar.26th

GREEN_RIVER

我認識這位「S小姐」。我看了報導內容，發現沒有任何確切證據，只是憑臆測把她視為兇嫌。可以這樣不負責任嗎？我正打算控告你妨害名譽。

1:00 AM Mar.26th

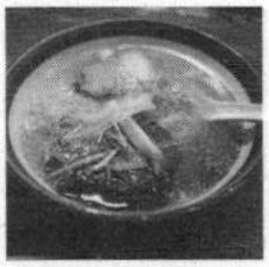

RED_STAR

今天晚上還真熱鬧啊……我是在採訪「白雪公主殺人事件」的死者任職的公司同事後，把他們說的內容寫成報導，你的留言好像在說我故意把和死者同時進公司的另一名女同事寫成兇嫌，這對我有什麼好處？

1:15 AM Mar.26th

RED_STAR

接受採訪者在言談中認定和死者同時進公司的另一名女同事是兇嫌，我就在報導中如實呈現……你為什麼沒有看出來呢？如果你不喜歡報導的內容，想要找人開罵，找我恐怕搞錯對象了，要去找那些作證的人。懂了嗎？

1:19 AM Mar.26th

SACO

喂、喂、喂！為什麼把責任都推給別人！！我只是協助你的採訪工作。我可沒有斷定城野姊是兇手。如果你問心無愧，就在這裡寫清楚，到底誰說了什麼。

1:23 AM Mar.26th

RED_STAR

@SACO，基於規定，恕無法公開採訪者和採訪內容。妳也不必說出自己作證的內容吧，小心被兇嫌支持者看破手腳。

1:26 AM Mar.26th

SACO

什麼意思？我可是城野姊支持派！

1:28 AM Mar.26th

RED_STAR

我只是受僱幫人寫文章的寫手，找我麻煩根本沒用。有意見的話，可以去成立支持兇嫌的網站，在那裡解釋清楚，或是蒐集線索，或是寫激勵的話都悉聽尊便。這樣嫌犯看了也比較爽吧？各位偽善者！！

1:32 AM Mar.26th

RED_STAR

沒有我的支持者嗎？曼友就是這麼現實，以後再也不透露任何消息了。

1:40 AM Mar.26th

KATSURA

喂，等一下，別急嘛！我是你的支持者！

1:45 AM Mar.26th

KEROPPA

支持＋1。

1:49 AM Mar.26th

MARURIN

咦？咦？氣氛好像有點劍拔弩張。怎麼了？我本來還想報告一下好消息呢。
1:55 AM Mar.26th

RED_STAR

@MARURIN，什麼好消息？
1:58 AM Mar.26th

MARURIN

關於雅也的傷勢，原本聽說恢復無望，沒想到居然奇蹟似地復元了！而且將在年內再度站上舞台……一定是優也和我們的祈禱感動了上天。
2:03 AM Mar.26th

RED_STAR

無聊……
2:05 AM Mar.26th

MARURIN

好心和你分享，真沒禮貌，難怪大家都對你這麼火大。氣死人了！！
2:08 AM Mar.26th

RED_STAR

我不再玩曼瑪羅了。洗洗睡去吧！
2:10 AM Mar.26th

資料 5

社群論壇，曼瑪羅
綠川麻澄的網頁①

man-malo

~★★★歡迎光臨 GREEN_RIVER 的即時訊息★★★~

GREEN_RIVER

我的朋友城野美姬小姐被《太陽週刊》視為「時雨谷粉領族命案」的兇嫌，但城野小姐根本不可能殺人，為了洗清她的嫌疑，在此蒐集有關命案的消息，歡迎各位提供，任何枝微末節的事都無妨。

8:00PM Mar.27th

NORI-MI

感謝你的呼籲。我今天也寫了抗議信給《太陽週刊》，我們一起奮鬥！

8:05 PM Mar.27th

GREEN_RIVER

@NORI-MI，你直接寫信去出版社，太猛了！勇士，勇士！我也會努力！

8:07 PM Mar.27th

GREEN_RIVER

為了讓沒有看過週刊的人瞭解情況（根本不值得花錢買那種低劣的雜誌），在此簡單陳述城野小姐為什麼會遭到懷疑。

8:10 PM Mar.27th

GREEN_RIVER

「時雨谷粉領族命案」的死者三木典子小姐任職於Ｔ縣的「日出化妝品」。那家公司每年會安排兩名新進女職員到各個部門，和三木典子小姐分配在同一個部門的就是城野美姬小姐。

8:13 PM Mar.27th

GREEN_RIVER

城野小姐和公司內的男同事交往。那名男同事在接受採訪時把和城野小姐交往的事撇得一乾二淨，但他們的確交往過，而且，那名男同事是和城野小姐分手後，再和三木小姐交往。有人誤解城野小姐因此痛恨三木小姐。

8:17 PM Mar.27th

GREEN_RIVER

除此以外，還認為她因為容貌的關係受到上司的差別待遇，成為她的殺人動機，但城野小姐不可能因為這麼無聊的理由殺人。而且，案發當時，她的前男友已經和三木小姐分手了，她的前男友也沒多帥。

8:22 PM Mar.27th

MEDACA

你見過白馬王子？啊，對不起，在其他網站上，有人稱他為「白馬王子」。

8:25 PM Mar.27th

GREEN_RIVER

@MEDACA，「白馬王子」？門牙上沾到蔥花的大叔欸～

8:27 PM Mar.27th

GREEN_RIVER

城野小姐和「白馬王子」分手後，公司內頻繁發生竊盜事件（偷吃蛋糕後，只留下栗子的無聊內容），有心人也把這件事和命案連結。以上就是週刊報導的內容。光憑這些事，就把一個人視為命案的兇嫌不是太奇怪了嗎？

8:32 PM Mar.27th

NORI-MI

太奇怪了！太奇怪了！

8:35 PM Mar.27th

KATSURA

漏了兇嫌在案發後謊稱「母親病危」，向公司請假這件事～故意的？

8:38 PM Mar.27th

GREEN_RIVER

@KATSURA，謝謝你的好心提醒！不小心漏掉了。

8:40 PM Mar.27th

GREEN_RIVER

振作起來！

8:42 PM Mar.27th

USAGISAN

是Ｔ女子大學生活環境系的城野美姬小姐嗎？

8:45 PM Mar.27th

GREEN_RIVER

@USAGISAN，沒錯。妳該不會也是Ｔ女子大學畢業的？

8:48 PM Mar.27th

USAGISAN

是Ｏ縣立Ｆ高中畢業的城野美姬小姐嗎？

8:52 PM Mar.27th

GREEN_RIVER

應該是……請問你是她的老同學嗎？
8:55 PM Mar.27th

USAGISAN

是Ｆ市立Ｆ中學畢業的城野美姬小姐嗎？
8:57 PM Mar.27th

USAGISAN

是Ｆ市立Ｆ小學畢業的城野美姬小姐嗎？
9:00 PM Mar.27th

GREEN_RIVER

好像不是……
9:02 PM Mar.27th

GREEN_RIVER

我想蒐集有利於證明城野小姐無罪的消息，並不是她的個人資訊。不光是城野小姐的事，如果瞭解任何有關命案的事，以及死者三木典子的事，也請告訴我。
9:05 PM Mar.27th

PIANO_HIME

小提琴手兄弟雙人團體「芹澤兄弟」的粉絲俱樂部名冊上有「城野美姬」的名字，和這裡所說的城野美姬小姐是同一人嗎？
9:10 PM Mar.27th

GREEN_RIVER

@PIANO_HIME，雖然不知道她是否加入了粉絲俱樂部，但她喜歡古典音樂，很有可能。
9:14 PM Mar.27th

NORI-MI

我在 YouTube 上看了「芹澤兄弟」，兩兄弟都很帥，右側那個棕色頭髮的人應該是城野小姐喜歡的類型！
9:20 PM Mar.27th

PIANO_HIME

是弟弟雅也。
9:23 PM Mar.27th

MEDACA

三木典子喜歡搶別人的男朋友，是「橫刀公主」。「白馬王子」因為是同事的男朋友，所以她才會去搶。一旦得手，很快就丟。搞不好是白馬王子殺了公主。
9:27 PM Mar.27th

GREEN_RIVER

@MEDACA，我也曾經有過這個念頭。
9:30 PM Mar.27th

NORI-MI

我也是，我也是！
9:32 PM Mar.27th

PIANO_HIME

以下是我的推測。看了 MEDACA 寫的內容，原本模糊的想法漸漸具體成形了。

9:38 PM Mar.27th

PIANO_HIME

我是「芹澤兄弟」粉絲俱樂部的幹部會員，粉絲俱樂部的成員都發自內心地深愛著優也和雅也，只有音樂女神才有資格當他們的女朋友，所以禁止追問他們的戀愛關係。但去年年底開始，聽說雅也交了女朋友。

9:24 PM Mar.27th

PIANO_HIME

由幹部極機密地調查後發現，對方是新加入會員的三木典子。我去了三木典子所住的地方，把她約出來後拜託她，如果她真心愛雅也，就請她立刻退出。

9:45 PM Mar.27th

PIANO_HIME

三木典子立刻說：「對不起，我不知道你們的規定。」所以我們就鬆了一口氣，也在粉絲俱樂部內澄清了這個傳聞，沒想到她只是說說而已。而且，上個月底，雅也提到「婚約」……啊啊。

9:48 PM Mar.27th

PIANO_HIME

我算是優也的粉絲，所以能夠比較冷靜地接受這種狀況，雅也的粉絲中有不少人揚言，「一定要找出雅也的未婚妻殺了她」。城野小姐會不會也有相同的想法？

9:52 PM Mar.27th

PIANO_HIME

而且，三木典子可能是因為知道城野小姐喜歡雅也，才會去接近雅也吧？三木典子想要奪走和她一起進公司，被分配到同一個部門的同事所愛的人，而且，當她搶走白馬王子時，城野小姐並沒有太沮喪。

9:56 PM Mar.27th

PIANO_HIME

於是她就猜測，城野小姐可能有更喜歡的人。調查之後，發現是「芹澤兄弟」中的雅也，於是，自己也加入粉絲俱樂部，搶走了雅也。城野小姐也許是因為「被奪走了白馬王子」而殺了三木典子，但真正的白馬王子是雅也。

10:00 PM Mar.27th

PIANO_HIME

三木典子居然利用了雅也，即使她死了，我也無法原諒她。更氣人的是，雅也似乎真心愛著三木典子。雅也以受傷為由，暫停了表演活動，但其實他受傷情況並不嚴重，而是因為失去了三木典子深受打擊，無法再拉小提琴了。

10:03 PM Mar.27th

PIANO_HIME

如果粉絲知道這件事，一定會有人崇拜城野小姐，把她當作神。就連我看到城野小姐在逃亡，也想要協助她藏匿。城野小姐雖然犯了法，但這是正確的行為！！！

10:06 PM Mar.27th

PIANO_HIME

對不起，寫了長篇大論。我也想全力支持城野小姐！

10:08 PM Mar.27th

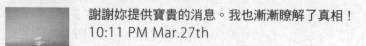

GREEN_RIVER

謝謝妳提供寶貴的消息。我也漸漸瞭解了真相！

10:11 PM Mar.27th

GREEN_RIVER

不，等一下……好像怪怪的？

10:14 PM Mar.27th

資料6

摘自《太陽週刊》
4月8日號
（4月1日出刊）

特集總動員

「白雪公主殺人事件」的關鍵在於魔女的故鄉!?

美女粉領族三木典子小姐（二十五歲）在山明水秀的寧靜鄉村遭到殺害的「時雨谷粉領族命案」。上個月七日清晨，她的屍體被人發現。到底是誰殺了貌若天仙的白雪公主？雖然這起命案引發了廣泛討論，但至今仍然沒有逮捕到兇手。但是，本週刊獨家採訪到在某個鄉村城鎮內封印的可怕而又悲慘的故事。

認識S小姐的人一開始都異口同聲地說：「她很乖巧、親切，做事很認真。」是具備這三大優點的好人，但說到激動處，就漸漸走樣了。

死者任職於以「妳也可以擁有白雪柔肌」的廣告而廣為人知的公司，根據公司其他同事的證詞，讓和死者同期進入公司的兇嫌「S小姐」漸漸浮上了檯面。她在案發後，向公司謊稱「母親病危」請了年假，至今仍然下落不明。S小姐如今到底身在何方？為了調查S小姐以前的交友關係，記者前往O縣F市。

大學時代，和S小姐住在同一棟公寓的後藤典美小姐（假名）寄信給本週刊中寫道：「同公寓的人都叫S小姐小天，當我生病時，她會送她拿手的料理來給我，

簡直就像是天使。但大家之所以叫她小天，是因為她認為在結婚之前不能有性行為，大家覺得是這個時代難得一見的天然紀念物，故稱她為小天。但是，小天和同公司的男同事X先生有肉體關係。」

X先生應該就是在前一期中否認和S小姐交往的該公司男同事，據說是有特殊性癖好的關係，會相互舔中趾和無名趾之間的趾縫。天然紀念物的小天把對方視為結婚對象，所以才會同意發生關係。

「小天在發自內心感到滿足時，會露出『小天笑容』，她在聊及和X先生之間的事時，我聽到了她的這種笑聲。」

三木典子小姐讓至上的「小天笑容」變成了淚水，S小姐對她有什麼看法。

「小天的個性並不激烈，不可能因為失戀就動手殺人。一旦失戀，她會把自己關在家裡。」

後藤小姐身為S小姐的好友，凡事向好的方向解釋，但這很可能是S小姐巧妙的偽裝。即使想要巧妙地偽裝成好人，凡走過，必留下痕跡。不僅如此，S小姐故鄉的人甚至預料到會發生這種事。

「S小姐在高三班上的各類排行榜中，成為『可能犯罪的人』排行榜的第二名。」

S小姐的高中同學江崎幸子小姐（假名）出示了當時的學生會報，四十名學生中，有十三票投給S小姐。班上有三分之一的同學投她一票是有原因的。

「S小姐有『詛咒的魔力』。」

S小姐的另一位高中同學田島麻耶小姐（假名）說。「詛咒的魔力」雖然有點落伍，但田島小姐一臉嚴肅地說：

「中學二年級時，足球隊的男生把抹布踢到S小姐頭上，把S小姐惹哭了。結果，他在一個星期後發生車禍，導致右腿骨折。除此之外，想要欺負S小姐的女同學突然轉學，在上課時曾經找S小姐麻煩的老師也得了憂鬱症，無法到學校上課。高中時，在排球比賽時，為了阻止運動能力很差的S小姐上場比賽，班上的女生把她的運動鞋藏了起來，之後卻發生了難以在這裡描述的慘事。」

曾經欺負S小姐的人都會遭到報復，但是，會不會只是巧合？

「不知道內情的人也許會這麼認為，但和她讀同一所中學的人都親眼看到她的詛咒魔力奏效時，發出的那種笑容。我也曾經看過，那種心滿意足、得意的笑容令人心裡發毛。只要看過她那種表情，就不敢再違抗她，在需要使用菜刀的烹飪實習課上，只能乖乖地聽喜歡發號司令的她下達的命令。」

這個笑容應該就是「小天的笑容」吧？笑容的背後隱藏著曾經遭到霸凌的痛苦往事所產生的「詛咒魔力」，但也有人否定了她的

「詛咒魔力」。

前面提到的右腿骨折的同學——江藤慎吾先生曾經是眾人相當看好的足球少年，被認為將來有可能成為職業選手。

「不可能有什麼詛咒的魔力，是S小姐破壞了我的腳踏車煞車線。」

以常識來判斷，這種說法應該比較正確，但是，即使夢想破滅後，仍然持續踢足球的江藤先生發揮了運動員精神說：

「我並不恨S小姐，反而為可能在她內心製造了黑暗感到後悔。但即使S小姐是『時雨谷粉領族命案』的兇手，即使我看到了下落不明的S小姐，也不會報警。同樣的，我相信可能是老家這裡的朋友協助她藏匿。」

記者根據江藤先生的提示，前往S小姐的故鄉，位在山間的鄉村「N澤地區」尋找她的下落。

「詛咒的儀式」和「明神的懲罰」

從飄著檸檬樹香味的山麓，有一條流向城鎮中心的河流，河流的東側一帶稱為「N澤地區」，S小姐從出生到高中畢業的十八年都生活在這裡。「N澤地區」的居民都很有自信地說，他們對住在同一個地區的居民瞭若指掌，對於S小姐的評價最初也和公司的同事一樣，說她是「乖巧聰明，做事認真的孩子」，但是，當問及「時雨谷粉領族命案」時，就語帶遲疑地說出了曾經發生的一件可怕的事。

一位種植檸檬的老人回想起一件有關火災的事。

「小M（＝S小姐）在讀小學的時候曾經做了一件很可怕的事。她在明神廟後面玩火，小廟全都燒毀了，周圍的樹木也都燒了起來，差一點釀成大火災。『時雨谷粉領族命案』中兇手也燒毀了屍體。雖然難以想像那孩子會殺人，卻無法斷言兩者毫無關係。明神是這一帶的守護神，也許這次的事件是燒了明神廟受到的懲罰。」

當初發現火災，加入滅火行動的一位家庭主婦說：

「我發現明神廟發生了火災，在前往現場的途中，遇到了笑嘻嘻地走在路上的小M。和附近鄰居拿著水桶接力滅火時，我站在最前面，在飄來的火星中，看到了紙做的人形。而且，在起火點的廟後方焚化爐中，發現了五十根裁縫用的待針，所以我在猜想，小M可能正在進行詛咒的儀式。」

「詛咒」這個字眼再度出現。但是，一個小學生到底要詛咒誰？

「在火源附近找到了疑似小M使用的酒家火柴。當時，小M的父親外遇的對象正是那個酒家的酒家女，她媽媽曾經拿著菜刀去找對方理論，家裡的氣氛應該很差。小M可能因此深受創傷，所以把人形紙當作是那個酒家女。說詛咒的儀式或許聽起來很殘酷，但正因為是無力的孩子，所以只能用這種方式宣洩。這麼一想，就不由得同情小M，也沒有告訴警方這件事，但現在很後悔，如果當時說出來，或許就不會發生『時雨谷粉領族命案』了。」

有證人指出，當時的確曾經舉行了詛咒儀式，只是另有目的。這位證人就是和S小姐從小一起長大的谷町夕布子小姐（假名）。

「當初是小M說要舉行這個儀式，我只是勉為其難地提供協助。目的是為了終結我遭到的霸凌。」

這裡介紹一下詛咒儀式的步驟。

1.用白紙做成十五公分大小的人形，想要詛咒幾個人就做幾張，在頭的部分寫上每一個人的名字。

2.在每個人形的左胸

前畫一個心形符號塗黑。

3.在唸咒語的同時，用銀色的針刺向心形符號。針愈多，效果愈強。

4.把針刺在人形紙上，在不會被別人看到的地方燒掉。

以上的步驟，會不會讓人有所聯想？

「小M和我製作了全班同學和班導師的人形紙，把待針刺在上面後，拿去明神廟後面燒掉，結果引發了火災。也因為這個原因，我和小M從此不再來往。得知『時雨谷粉領族命案』後，我最先想到小M。三木典子小姐遭到殺害的方法幾乎就是詛咒儀式的翻版。」

這是實際參與儀式的人說的話，所以不會錯。

「如果是小M殺了三木典子，可能也有一個像我一樣的人在協助她。」

谷町小姐的發言似乎暗示有共犯存在。這次的命案和之前的事件動機並不相同，除了男朋友被搶走和遭到上司差別待遇的憤恨以外，或許還隱藏了真正的動機。為什麼會發生這樣的悲劇？

被詛咒的家族和「白雪」的因緣

S小姐的家族從戰前就生活在N澤地區，當地的一位長老說：

「小M的父親是S家已經分家出去的三男，S家的本家也有人可能殺過人。」

那起事件要追溯到五十多年前。

「嫁給S家長子的C和同住在N澤地區的紗榮子（假名）、我是好朋友。C雖然貌不出色，但做了一手好菜，所以被S家長子看上了，我們三個人中，她最先結了婚。但是，不久之後，就發現她老公和紗榮子偷腥。紗榮子很漂亮，被稱為N澤町花。」

這也令人聯想到這次

的命案。

「她老公和好朋友在偷腥，但C不吵不鬧，不久之後，她老公就和紗榮子分手了。紗榮子很快就死了，雖說是因為肺炎而死，但其實是C在經常送給紗榮子的料理中加了毒。只有我知道這件事，但我害怕C，所以不敢報警。」

長老為什麼這麼說？

「因為參加完紗榮子的葬禮後，C笑了，她的表情看起來很可怕，簡直就像會使用妖術。」

妖術和詛咒。只能說，這個家族受到了詛咒。S小姐的父母對她又有什麼看法呢？

S小姐的母親是遠近馳名的「N澤驚世媳婦」，記者上門採訪時，她舉起掃帚趕人，對記者破口大罵，S小姐的父親冷靜勸說後，她才終於答應接受採訪。

「這些話由我這個當父親的來說，或許聽起來像自誇，但美姬是個乖巧文靜、心地善良的孩子，青春期也沒有所謂的叛逆，反而是我們父母希望她更有自己的主張。」

她的父親在談到女兒的人品時所表達的意見也和其他人一樣。

「但是，我們真的完全不相信我女兒會做這種事，所以至今仍然無法接受。她謊稱『母親病危』後躲了起來是事實，公司也曾經打電話來確認，也曾經聽警方說了相關的情況。即使這樣，也無法認為我女兒殺了人。」

身為父親，他拚命袒護自己的女兒，但談到之前縱火的事，他立刻閉了嘴。

「那次的確發生了火災，但可不是縱火。小時候誰沒玩過火，如果因為曾經引發那起火災，就認定她會殺人，等於在說全世界的人都是未來的罪犯。」

她的母親不以為然地

說道，但問到S小姐在詛咒儀式時所用的酒家火柴時，立刻臉色大變。那家酒家的名字正是叫「白雪」。

「遭到殺害的三木典子小姐和我老公當年外遇的對象，『白雪』酒家的女人長得一模一樣！」

記者發現了這具有衝擊性的驚人事實，這代表S小姐和父親當年外遇對象長得一模一樣的同事，三年相安無事地在一起工作。這三年來，她內心的恨意是否慢慢累積，還是有什麼原因導致突破了臨界點？

「我覺得和洗面皂的名字有關。」

S小姐的母親斷言。

「白雪」洗面皂雖然一砲而紅，但其實是一年前才改成這個名字，之前是以「羽衣」的名字在市場上銷售。

「因為洗面皂改了名字，她想起了『白雪』酒家的女人，發現和同事很像，所以心裡慢慢累積了恨意。在這種情況下，又遭到不合理的對待，即使是那孩子也無法再克制自己了。」

得知女兒內心黑暗的來源後，S小姐的父親跪在地上，老淚縱橫地說：

「對不起！女兒殺人全都是我的錯，如果要責備，就責備我吧。請你們、請你們、請你們原諒我可憐的女兒。」

宛如鮮紅蘋果般的夕陽照在N澤地區。

櫻花盛開！
十朵戀愛的櫻花也競相綻放!!!

春天來了，演藝圈的過夜情也陸續曝光！

戀愛事件 1

「J-Girl」黑崎由利 無私奉獻的愛

每月發行量二十萬冊的高人氣女性時尚雜誌《J-Girl》當家模特兒黑崎由利（二十歲）驚爆過夜情。對方是古典音樂界知名的新貴公子，兄弟檔小提琴團體的「芹澤兄弟」的弟弟芹澤雅也（二十三歲）。兩人在一年前相識，當時，《J-Girl》的新作發表會的背景音樂採用了小提琴現場演奏，邀請的正是「芹澤兄弟」。雖然有人說他們在相識之後就立刻開始交往，但因為雙方都在逐漸走紅，所以一直對外隱瞞這段關係。

上個月，有人目擊黑崎頻繁出入芹澤雅也的公寓，向雙方的經紀公司瞭解狀況後，經紀公司終於承認他們正在交往一事。

和黑崎熟識的相關人士說：

「她以前就經常和芹澤雅也、雅也的哥哥優也，以及其他朋友一起聚餐，但直到最近才展開戀情。雅也在巡迴演出的第一天就不幸受傷，由利在一旁激勵，成為他們開始交往的契機。雅也將在下個月重返舞台，由利也決定演出將在秋天上映的電影《黃昏奏鳴曲》，希望粉絲能夠溫暖地守護這段戀情。」

黑崎在電影中飾演一位「奉獻的女人」，和她平時給人的印象完全不同，期待她在電影中的表現。

芹澤雅也方面的相關人士表示：

「雅也正對未來的方向感到迷惘，突然受了傷，在精神上深受打擊，一度暗示打算引退，但多虧了由利充滿奉獻精神的支持，他的傷勢逐漸好轉，也看到了未來新的方向，目前專心投入創作。由利擁有西方美女的外形，但個性很傳統，也很會做菜。雅也可能在瞭解到這一點後，才從原本聚餐的朋友發展出戀情。雅也因為不慎和前來聽演奏會的觀眾相撞，跌下樓梯，導致手受了傷，讓眾多粉絲擔心，但我反而想要表達感謝。」

這就是江湖上傳說的化危機為轉機嗎？不對，應該是因禍得福。

「由利主演的電影主題曲也已經決定由『芹澤兄弟』演出，近日應該就會發表前所未有的、充滿熱情的樂曲。」

奉獻給黑崎由利的奏鳴曲令人期待。

資料 7

摘自《每朝新聞》

13版 社會 26

時雨谷粉領族事件 逮捕了死者公司的女同事

縣警

上月七日，屍體被人發現的T縣T市公司職員三木典子小姐（二十五歲）命案終於有了重大突破。T縣警在三十一日，以和三木小姐同公司的一名女同事涉嫌重大為由，申請了逮捕令，將在進一步確定嫌疑後，採取逮捕行動。

縣警公佈，兩人任職的日出化妝品公司從今年一月開始，商品管理倉庫內的暢銷商品「白雪」（洗面皂）頻繁遭竊，二月底時，公司極機密地在倉庫內裝了監視攝影機，拍到有女職員多次擅自將該商品攜出。目前並未確認有轉賣情形，在以竊盜嫌疑向該女職員調查後，發現可能與三木小姐的命案有關，目前正展開進一步偵查。

警方證實，三木小姐曾經在很受歡迎的社群網站「曼瑪羅」上留言，暗示公司內有女職員偷竊，目前正在調查和命案之間的關係。

（每朝新聞　4月2日）

每朝

女職員因偷竊暢銷商品遭到逮捕

竊盜嫌疑

日前警方接獲日出化妝品公司報案，該公司的暢銷商品「白雪」（洗面皂）屢屢失竊。T縣警搜查三課和T分局在二日，以竊盜嫌疑逮捕了該公司女職員狩野里沙子（二十三歲）。嫌犯狩野承認從今年一月開始，七次從公司的商品管理倉庫偷走內有二十塊「白雪」的盒裝洗面皂，「自己的能力無法獲得公司肯定，導致壓力很大。起初只是偷竊同事隨手放置的物品，看到同事緊張的樣子，壓力得到紓解，但漸漸感到無法滿足，開始對公司的暢銷商品下手。目的並非為了轉賣，偷竊的商品仍在家中，看到網路上有人留言說買不到『白雪』，就覺得很滿足。」縣警搜查一課也針對上月七日，屍體被人發現的T縣T市公司職員三木典子小姐（二十五歲）命案，對嫌犯狩野展開調查。

（每朝新聞　4月3日）

25　社　會　13版

嫌犯狩野

案發當晚行跡可疑

縣警當初就列為重要嫌疑對象

本月六日，因竊盜遭到逮捕的狩野里沙子（二十三歲）供稱犯下了T縣T市公司職員三木典子小姐（二十五歲）命案，目前T縣警正在進一步掌握相關證據。

三木小姐在三月四日夜晚離開公司舉行歡送會的居酒屋後下落不明，三天後的七日清晨，屍體在居酒屋東北方向約十六公里的時雨谷雜木林中被人發現，屍體身中十幾刀，並且遭到焚屍。

五日清晨，從T分局交通課拖吊的一輛丟棄在車站附近的車內，發現了三木小姐的皮夾，縣警針對車主展開調查，但在駕駛座附近發現了多枚有竊盜嫌疑的狩野的指紋，於是針對狩野展開調查。附近鄰居曾經在案發當晚看狩野開車帶另一名女子離去，警方立刻展開大規模搜索。

從狩野住家的地板下找到了疑似犯案時使用的菜刀、柴油桶和沾有血跡的羽絨衣，在偵訊狩野時，她承認殺害了三木小姐，但目前尚未查明犯案動機。

（每朝新聞　4月7日）

（第三類郵件許可）

「擔心遭到告密」
嫌犯狩野是臨時起意嗎？

本月九日，記者在向警方人員採訪時，得知T縣T市公司職員三木典子小姐（二十五歲）命案中，以竊盜嫌疑遭到逮捕的嫌犯狩野里沙子（二十三歲）承認了殺人和棄屍嫌疑，她向警方供稱「我帶三木小姐前往時雨谷，用菜刀刺了她十幾刀後，淋上柴油焚燒」。

狩野在三月四日深夜，參加完公司歡送會的第三攤聚會後回到家中，走到公寓停車場時，發現三木小姐睡在一輛小客車上。「她曾經數度向我暗示，要去告發公司內部偷竊的事。我擔心遭到公司開除就無處可去。雖然不知道三木小姐坐的車子為什麼會在那裡，但覺得眼前是阻止她的大好機會。」於是，狩野立刻回公寓拿了菜刀和家中的柴油桶回到車上，開車前往時雨谷，打算把三木小姐帶去沒有人煙的地方殺害後，焚燒了屍體。「到了之後，把仍然熟睡的三木小姐背到雜木林中，用菜刀殺害，再從車上拿了柴油，點火焚燒。回到公寓換好衣服，把車子開去車站丟棄，然後走路回家。」嫌犯狩野在一年前任職這家公司的同時搬來T市，但曾經參加公司的活動，造訪過時雨谷，縣警搜查一課認為她熟悉命案現場的環境。

目前警方正針對三木小姐所坐的車子，為什麼會停在狩野居住的公寓停車場一事，向小客車車主，也是和兩者任職於同一家公司的女職員瞭解情況。

（每朝新聞　4月10日）

「引以為傲的閨中密友」

嫌犯狩野是臨時起意嗎？

「她說好會來參加我將在下個月舉行的婚禮……」得知嫌犯狩野里沙子（二十三歲）承認殺害了三木典子小姐（二十五歲），三木小姐的多位友人震怒不已。三木小姐高中時代的女性友人將在五月舉行婚禮，並邀請了三木小姐參加，請她代表友人致詞，三木小姐笑著答應說：「我一定會好好稱讚妳的優點。」這位女性友人流著淚說：「三木小姐向來很認同別人的努力，有強烈的正義感，對不努力的人很嚴格，但三木小姐為了讓自己發光，總是比別人更努力，所以我很尊敬她，也以有這樣的朋友為傲。」大學時代的女性朋友咬著嘴唇，語帶懊惱地說：「畢業後，我也經常和三木小姐一起去聽演唱會。她向來喜歡美麗的事物，最近似乎很熱中古典音樂。她一旦喜歡一件事，就會深入追求，即使演唱會在很遠的地方舉行，她也照樣前往，也會為能夠成為粉絲俱樂部的特別會員感到樂不可支。真希望可以和她一起聽更多美好的音樂……」和三木小姐和嫌犯狩野同一家公司的女同事說：「難以相信，我一直以為她們關係很好。」同時，心情複雜地說：「聽說狩野為了轉移警方的焦點，把案情透露給認識的週刊記者，暗示公司內另一名女同事嫌疑重大，我也曾經接受採訪，記者在採訪時，似乎已經確定那名同事就是兇手。沒想到此舉反而引起了警方的懷疑……」

（**每朝新聞　4月10日**）

資料 8

摘自《太陽週刊》
4月15日號
（4月8日出刊）

揭露「白雪公主殺人事件」的魔女真面目！

上個月七日，在T縣鄉村的時雨谷發現焦黑屍體的死者三木典子小姐（二十五歲）是一位擁有白雪柔肌的美女，在全國掀起了一股白雪公主旋風。殺害白雪公主的魔女終於遭到逮捕！

本週刊也成為魔女的標的

這個魔女就是嫌犯狩野里沙子（二十三歲），和三木小姐一樣，她也是去年剛進入以「妳也可以擁有白雪柔肌」的廣告一砲而紅的日出化妝品株式會社的粉領族，該公司有一項「夥伴制度」，由年長兩屆的職員負責指導新進員工一年，嫌犯狩野的夥伴就是三木小姐，三木小姐曾經親切地教導狩野各項

特集總動員

「白雪公主殺人事件」的關鍵在於魔女的故鄉!?

美女粉領族三木典子小姐（二十五歲）在山明水秀的寧靜鄉村遭到殺害的「時雨谷粉領族命案」。上個月七日清晨，她的屍體被人發現。到底是誰殺了貌若天仙的白雪公主？雖然這起命案引發了廣泛討論，但至今仍然沒有逮捕到兇手。但是，本周刊獨家採訪到在某個鄉村城鎮內封印的可怕而又悲慘的故事。

死者任職於以「妳也可以擁有白雪柔肌」的廣告而廣為人知公司，根據公司其他同事的證詞，讓和死者同期進入公司的兇嫌「S小姐」漸漸浮上了檯面。她在案發後，向公司謊稱「母親病危」請了年假，至今仍然下落不明。S小姐如今到底身在何方？為了調查S小姐以前的交友關係，記者前往O縣F市。

認識S小姐的人一開始都異口同聲地說：「她很乖巧、親切，做事很認真」，是具備這三大優點的好人，但說到激動處，就漸漸走樣了。

大學時代，和S小姐在同一棟公寓的後藤典美小姐（假名）寄信給本周刊中寫道：「同公寓的人都叫S小姐小天，當我生病時，她會送她拿手的料理來給我，

「小天在發自內心感

工作。狩野對周圍人說，三木小姐是她「崇拜的前輩」，她們之間到底發生了什麼事？

有人認為，公司內頻傳的偷竊事件是狩野所為，被三木小姐發現後，她想要殺人滅口，但動機真的這麼單純嗎？和三木小姐的美貌毫無關係嗎？

從嫌犯狩野的照片來看，完全符合「學生時代曾經是女子棒球捕手」的經歷，雖然看似性格乾脆，其實卻是可怕的魔女。本週刊是被魔女利用、繼三木小姐之後的第二個犧牲者。

狩野殺害了三木小姐，為了擾亂警方偵查方向，故意聯絡了高中同學、目前是週刊記者的自由撰稿人，誘導該記者以為和三木小姐同期進公司的女職員是兇手。

為了自保，竟然殺害了指導了自己一年的前輩，並利用週刊陷害毫無關係的同事。近年來，很少見到這麼自私妄為的罪犯，簡直堪稱「平成的魔女」。

白馬王子的吻無法吻醒平成的白雪公主，身為同被魔女餵食蘋果的夥伴，本週刊將徹底揭露魔女的真面目，為三木小姐報仇。

*4月1日號和4月8日號的特別報導中有一部分容易導致讀者誤解的內容。

負責該報導的本刊契約記者已於本月一日解約，一切責任與本刊無關。

資料 9

社群論壇，曼瑪羅
綠川麻澄的網頁②

man-malo

～★★★歡迎光臨 GREEN_RIVER 的即時訊息★★★～

GREEN_RIVER

《太陽週刊》4 月 8 日號糟糕透了……
2:30PM Apr.1st

NORI-MI

全都是胡說八道，千萬不要相信！
2:44 PM Apr.1st

GREEN_RIVER

@NORI-MI，如果是杜撰，不可能寫出「小天笑容」這種字眼。妳提供了什麼消息嗎？什麼特殊性癖好，居然可以大剌剌地說這種事。
3:05 PM Apr.1st

NORI-MI

我是為了傳達小天人品很好，才會提到「小天笑容」的事，我絕對、絕對、絕對沒有提特殊性癖好的事，請妳相信我！
3:13 PM Apr.1st

GREEN_RIVER

@NORI-MI，我也很想相信妳……但她爸爸磕頭道歉也是假的？
3:20 PM Apr.1st

NORI-MI

即使是《太陽週刊》，也不可能百分之百都造假。她爸爸可能真的磕頭道歉了。也許小天真的……

3:27 PM Apr.1st

GREEN_RIVER

@NORI-MI，等一下，我發現了一件奇怪的事。

3:30 PM Apr.1st

GREEN_RIVER

根據「芹澤兄弟」的粉絲推測，如果是城野小姐殺了三木典子，殺人動機是因為「雅也被三木典子搶走了」，但 4 月 8 日的《太陽週刊》的 254 頁上報導了雅也和模特兒黑崎由利陷入愛河的事。

3:35 PM Apr.1st

GREEN_RIVER

如果這篇報導屬實，三木典子和雅也交往根本是假消息，城野小姐根本沒理由殺三木典子。

3:40 PM Apr.1st

NORI-MI

有道理！

3:45 PM Apr.1st

PIANO_HIME

粉絲網站亂成一團，根本沒時間理會白雪公主殺人事件，但你們的意見似乎否定了我的推理，所以我簡短反駁一下。雅也和黑崎由利的事，就連粉絲俱樂部的幹部會員也沒有一個人知道，但這是千真萬確的事實。

4:50 PM Apr.1st

PIANO_HIME

三木典子和黑崎由利的外形和身材很相像，所以目前粉絲俱樂部的人認為她只是被當成幌子利用了。因此，城野小姐很可能和我們一樣，誤以為三木典子是雅也的女朋友。

4:55 PM Apr.1st

PIANO_HIME

這是很充分的殺人動機吧？

5:00 PM Apr.1st

GREEN_RIVER

真遺憾……

5:05 PM Apr.1st

KATSURA

這個應該是城野美姬的部落格吧？只要看了「白雪粉領族的快樂生活」，就知道誰是兇手！

http://sirayukihpl/blog/~

5:18PM Apr.st

GREEN_RIVER

難以相信。

5:25 PM Apr.1st

NORI-MI

原來是小天吃了蛋糕，對茶的事也懷恨在心……

5:32 PM Apr.1st

GREEN_RIVER

@NORI-MI，目前還不確定是小天的部落格。
5:40 PM Apr.1st

KATSURA

好美麗的友情啊，但是紙終究包不住火。
5:45 PM Apr.1st

GREEN_RIVER

請你馬上看一下電視新聞，警方已經確定殺害三木典子的兇手了。狩野里沙子。終於證明了城野美姬小姐的清白！！
6:15PM Apr.1st

NORI-MI

太好了！！！！！！！！
6:20 PM Apr.1st

KATSURA

那個部落格是狩野里沙子的？雖然知道因為公司生產「白雪」，所以取名為白雪公主，難道所有女人都想當白雪公主嗎？
6:27 PM Apr.1st

GREEN_RIVER

@KATSURA，像你這種只會湊熱鬧的人，一輩子也無法瞭解被害者的心情、加害者的心情，以及被捲入事件中的人的心情。
6:40 PM Apr.1st

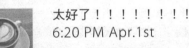

GREEN_RIVER

正如我所相信的，城野美姬小姐果然不是殺人兇手，我要向《太陽週刊》寄發抗議聲音，願意贊同的人，歡迎提供協助。
7:00 PM Apr.1st

NORI-MI

我當然會協助妳～首先要宣佈我們勝利了！
7:05 PM Apr.1st

HARUGOBAN

外行人和週刊雜誌對抗，雜誌方面只會避重就輕地閃躲，只是浪費時間和精力而已。不妨制裁寫那篇杜撰報導的記者？他的名字是赤星雄治，電子信箱是 red-star@***.ne.jp。手機號碼是 090-**-****。他膽子很小，請手下留情。
8:00 PM Apr.1st

HARUGOBAN

不妨寄抗議信去《英知週刊》，請週刊不讓他寫「這杯好酒，男人非喝不可」的專欄，或許可以充分打擊他。另外，曼瑪羅中暱稱是 SACO 的人應該就是狩野里沙子吧？
8:10PM Apr.1st

GREEN_RIVER

@HARUGOBAN，感謝你提供寶貴的資訊。
8:10PM Apr.1st

GREEN_RIVER

為了遭到陷害的城野美姬小姐，大家一起奮戰吧！
8:15PM Apr.1st

資料 10

摘自
狩野里沙子的部落格
「白雪粉領族的快樂生活」

詛咒　　5.13 00:12

為什麼那個女人總是出現在我身旁？
從早到晚，我的雙眼就像鏡子般映照出那個女人的身影。
——魔鏡啊魔鏡，誰是世界上最美麗的女人？
我一定被壞巫婆下了這種魔咒。
但工作和臉蛋無關，我比她優秀多了。
所以，明天也要繼續活力充沛地加油！……這是消除魔咒的魔咒。

留言（0）　讚

公主 6.3 23:48

我開這個部落格，是想要寫很多快樂的事，但似乎逐漸成為發洩壓力的地方了，這又變成了我的壓力。因為公司賣的是暢銷商品，所以工作忙碌也是無可奈何的事。

今天我對課長超火大。

有重要的客戶上門時，都讓公主送茶給客人。

雖然那些大叔客戶很高興，但我很想對課長說，既然這樣，叫公主泡茶就好了啊！

不，我應該對公主感到火大。她一臉理所當然的表情，用噁心的聲音回答：「知道了。」

最近，我都在心裡叫她「公主」，因為我知道她在曼瑪羅的暱稱是「SHIRAYUKI-HIME（白雪公主）」。

我的部落格也取了「白雪」的名字，但我的臉皮沒她那麼厚，會自稱「公主」。即使再怎麼漂亮，居然為自己取這種名字。她的腦袋破洞了嗎？顯然真的破洞了。

但她還整天挑剔別人。

既然想當白雪公主，就吃毒蘋果去死吧！如果敢當面對她說這句話，壓力一定全消了。

留言(0) 讚

蛋糕小偷 9.10 00:04

今天早上去公司時，發現冰箱裡有昨天慶生會的蛋糕。

因為出差回來晚了，我直接回了家，沒想到同事留了我的份，而且還在草莓旁放了哈密瓜和栗子。

也許有人記得我喜歡吃栗子這件事。

我開心不已，忍不住吃了起來，聽到走廊上傳來說話聲。

「○○，昨天的生日蛋糕幫你留在冰箱裡。」

不是我的？我嚇得立刻把栗子吐了出來，把盤子放回了冰箱，然後逃走了。

我並不是故意的，只是不知道昨天還有其他人沒有參加慶生會，但部門內的同事卻拿這件事大作文章。

他們開始找小偷。

雖然我感到很抱歉，但區區一塊蛋糕，未免太大驚小怪了。

留言（0）　讚

白雪　12.2 22:38

雖然我知道我們公司的「白雪」是暢銷商品，但看到網拍的價格，還是嚇了一大跳。

一個要價一萬圓？有沒有搞錯。我忍不住張大眼睛。

在市面上購買，一個要價三千圓，我買只要九百圓。

這個世界上的女人這麼想要「白雪」嗎？商品持續缺貨似乎有點對不起大家。雖然並不是我的過錯。

「白雪」的確是優秀的商品，使用之後，皮膚很光滑，冬天也不會皮膚乾燥。今年冬天特別冷，我可以很有自信地向朋友推薦。

但是，我無法原諒這件事。

「妳真的有在使用白雪嗎？」

公主問我這句話是什麼意思？

——魔鏡啊魔鏡，誰是世界上最壞心眼的女人？

沒錯，是白雪公主。

我的腦袋也破洞了嗎？

明天要去倉庫值班。早點睡，養精蓄銳。

留言(0)　讚

小偷 2.24 01:55

「我知道誰是小偷了。」

公主今天對我說。

「什麼小偷？」我問。

「和妳沒關係。」說完，她就走掉了。

我努力平靜心情，自我反省了一下，覺得差不多該收手了。但是……

「我知道誰是小偷了。」

公主剛才在曼瑪羅上碎碎唸。雖然和剛才對我說的話相同，但在曼瑪羅上還有後續內容。

「我要找機會揭發真相。即使現在馬上揭發，對我也沒有任何好處。這家老舊的公司講究學歷，公立大學畢業的她會升遷得比我快，她的工作能力這麼差，她想對我發號司令，門都沒有。」

沒想到公主竟然在意這種事。她真的太好勝了，所以她才會到處說我壞話。我不由得產生了優越感。

但是，我沒時間在這裡得意。

「所以，到時候我要揭發她是小偷。」

我一定要阻止她。但是，要怎麼阻止呢？

留言（0） 讚

白雪 3.7 00:19

這個世界已經沒有白雪公主了。

鮮紅的血是蘋果的顏色。鮮紅的火焰也是蘋果的顏色，樹林裡都是蘋果。

看到蘋果，我終於知道，原來我這麼痛恨她。

我捫心自問。

妳是為了保護自己，而且，一個蘋果不是就夠了嗎？

但是，沒辦法。因為我是膽小鬼。

魔鏡啊魔鏡，我該何去何從？

答案很簡單，只要唸咒語就好。

在變成真實之前，一直唸，一直唸……

我最喜歡白雪公主。我尊敬白雪公主。我崇拜白雪公主。失去白雪公主，讓我心如刀割。我絕對無法原諒把白雪公主從我身邊奪走的人。

我準備好了。好，現在來打電話給白馬王子。

請他拯救這個白雪公主。

留言（0） 讚

powered by man-malo

國家圖書館出版品預行編目資料

白雪公主殺人事件 / 湊佳苗作；王蘊潔譯.
-- 初版. -- 臺北市：皇冠, 2014.07
面；公分. -- (皇冠叢書；第4406種)(大賞；74)
譯自：白ゆき姫殺人事件
ISBN 978-957-33-3091-2

861.57　　　103011925

皇冠叢書第4406種
大賞｜074

白雪公主殺人事件

白ゆき姫殺人事件

作　　者—湊佳苗
譯　　者—王蘊潔
發 行 人—平雲
出版發行—皇冠文化出版有限公司
台北市敦化北路120巷50號
電話◎02-27168888
郵撥帳號◎15261516號
皇冠出版社(香港)有限公司
香港上環文咸東街50號寶恒商業中心
23樓2301-3室
電話◎2529-1778　傳真◎2527-0904
美術設計—程郁婷
著作完成日期—2012年
初版一刷日期—2014年7月
初版八刷日期—2019年06月
法律顧問—王惠光律師

讀者服務傳真專線◎02-27150507
電腦編號◎506074
ISBN◎978-957-33-3091-2
Printed in Taiwan
本書定價◎新台幣280元/港幣93元